당신, 지금 그대로 좋다

서미태 지음

당신, 지금 그대로 좋다

STUDIO:ODR

프롤로그/내 모든 것

가을밤을 네 등분하면
그것도 사계절이지요.

사랑과 사람과 삶과
당신을 나누었습니다.

2022년 여름과 가을 사이
서미태

차례

2부

3부

1부

어깨

지하철 6호선 어느 날 겨울 눈이 내려도 이상하지 않을 날씨에 시집 한 권을 들고 한 연인을 바라보며.

어깨와 어깨가 맞닿은 건, 서로를 아주 신뢰한다는 의미겠다. 두 사람의 정수리가 하나의 꼭짓점으로 모인 건 서로를 기꺼이 품을 수 있다는 의미겠다. 두 눈을 감고 새근거리는 두 사람이 서로에게 무게중심을 맡긴 건, 쓰러지지 않겠다는 간절한 마음이 불안을 깨고 서로에 대한 믿음으로 나타난 것이겠다. 가까워진 숨소리는 분명 서로를 데우는 따듯한 것이겠지. 추운 날씨에 잔뜩 떨던 몸은 진정되어도, 따듯한 감정 때문에 마음은 자꾸만 떨리겠다. 새근거리는 숨소리가 서로에게는 자명종 알람 소리 같은 것이겠지. 아주 큰 사랑을 외치며 서로의 마음을 깨우는 것이겠지. 곤히 사랑에 빠진 둘은 어딘가에서 부둥켜안고 머리를 잔뜩 헝클이겠지. 장난이어도 진심인 것은 사랑뿐이니까, 시집을 보다 나는 그들을 바라본 것이겠지.

당신이 당신이기 때문에

불안함이 많다. 생각도 많고, 걱정도 그렇다. 취향은 아니지만 좋은 건 적게 가지고, 나쁜 건 굳이 찾아 곁에 두곤 한다. 일찍 자고 일찍 일어나는 게 건강한 삶인 건 알지만 자주 새벽에 깨어 있기도 하다. 그 이유가 불안과 생각과 걱정이 많아서일까. 그래서 당신과 함께할 때는 잠도 잘 자고, 새벽이 짧았던 걸까. 나쁜 것들이 곁에 오지 못했던 걸까.

글 쓰는 직업을 가지고 있어 매일 글을 쓴다. 그래서 대부분 당신을 생각한다. 찬 공기 가득한 밤에, 따듯한 것을 찾을 때면 당신이 가장 먼저 떠오르기 때문이다. 참 따듯한 사람이었다. 음식을 많이 가리고, 나와 다르게 내일보다 오늘 하루를 더 중요하게 생각했던, 글씨를 아주 예쁘게 쓰던 당신이었다. 그래서 곁에 있으면 불어오는 찬바람도 시원하게 느껴졌고, 펑펑 내리는 눈 밑을 우산 없이 함께 걸을 수 있었다. 나는 종종 시를 써서 당신께 건넸는데, 별과 그늘 사이의 경계니, 바스러지는 햇볕이니 같은 표현을 하얀 손가락으로 짚으며 나에겐 어렵기만 하다 말했다. 그렇지만 결국엔 하얗게, 환하게, 따듯하게 웃어주었다. 내게 당신은 봄, 가을 너머 여름이었다.

지난겨울을 기억하려나. 살이 10킬로그램 넘게 빠지고 한참 아팠을 때, 어김없이 몸과 마음에 불안함이 가득 찼을 때, 당신은 내 곁을 지켜주었다. 힘들면 병원에 가보자고, 괜찮다면 같이 가주겠다고, 어둡고 차가운 곳을 헤매던 나를 포근하게 안아주었다. 문득 따듯한 곳을 찾아 걸음을 옮기다 보면 늘 당신이 있었다. 그리고 언제나 그랬듯이, 너무나 당연하다는 듯이, 가지고 있는 온기를 아낌없이 나누어주었다. 그러니 어

찌 당신이 따듯하지 않을까. 어찌 당신에게 '우리'를
권하지 않았을까.

내가 당신 곁에 머물 수밖에 없는 이유는, 당신이 당신
이기 때문이다. 그뿐이며, 그것이면 충분히 설명될 거
라 믿는다. 당신은 나를 잘 아니까. 나도 당신을 잘 아
니까. 우리는 우리를 잘 아니까.

나는 밤새 당신을 생각한다

낮에 깜빡 잠이 든 바람에
밤새 당신을 생각하는 중이다.

주말에 뭐 해요

원하는 대답이 있으면서도 두루뭉술하게 묻는다. 부끄러움 뒤에 숨어 기대하고 기다린다. 어떤 대답에 어떤 대화를 이어갈지 이런저런 경우의 수를 센한다. 아무런 답이 없으면 어떡하지, 도리어 내게 물으면 무어라 답하지, 보고플 거라 건네면 당신은 어떤 반응을 보일지 벌써부터 걱정이다. 설렘을 설렘으로 남기기 위해선 용기가 필요한 걸까, 아니면 조금 더 참아야 하는 걸까. 어쩌면 이만큼 참아왔으니 당신 주말이 궁금한 거겠지. 마음 가벼운 날에 내가 들어갈 공간이 있는지 기웃거리는 거겠지. 이번 주부터 봄 날씨라던데, 우리도 바라보면 좋겠다. 내 물음이 당신께 가득 반가우면 좋겠다.

꾸준한 사랑

어제만큼만 사랑하는 당신이 좋다. 어제는 그저께만큼, 그렇게 하루하루 거슬러 처음처럼 사랑하는 우리가 다행이다. 지킬 수 있는 약속을 매일 지키는 건, 절대 쉽지 않은 일. 그 약속을 지키는지 서로 확인하지 않는 건, 더욱 쉽지 않은 일. 그럼에도 함께 사랑을 공평히 느끼는 건, 우리만 할 수 있는 일. 꾸준한 사랑은 꾸밀 수 있는 게 아니다. 꾸준한 사람과 꾸준한 사람이 만나서 꾸준히 사랑해야만 그릴 수 있는 그림. 뜨거운 사랑은 결국 건조하게 갈라지지만, 따듯한 사랑은 서로가 하나 될 수 있는 부드러운 온도. '우리'란 단어가 어색하지 않은 우리. 고맙고, 예쁜, 당신.

당신을 남깁니다

단어를 사랑하면 시를 쓰고
문장을 사랑하면 글을 쓰고

그러면 무엇을 사랑했기에
나는 자주 당신을 썼을까요.

뻔한 대답은
남기지 않겠습니다.

그래서 사랑은 짧다

천천히 다가오는 것은 알아챔이 힘들다. 그래서 우리는 살면서 만남과 이별에 놀란다. 사람과 사람의 만남뿐 아니라 계절과 계절의 이별도 그렇다.

날씨가 갑자기 추워졌다. 물론 여름서부터 천천히 기온이 떨어지고, 밤이 길어지고 깊어진 걸 안다. 하지만 몸과 마음은 정말 갑자기 추워졌다며, 닿지도 않는 서로를 껴안으려 애쓴다. 여름도 떠난 지 한참이고, 겨울도 만나려면 한참인데 유별나기도 유별난 모습이다.

몇 날 밤을 제때 잠들지 못하고 있다. 지금도 아직 눈도 제대로 뜨지 못하면서, 산책 한번 해보겠다고 깜깜한 아침 풍경 속으로 뛰어들려다, 창 사이로 고개를 내미는 찬바람에 차나 끓여 마시기로 생각을 바꿨다. 물을 끓이는 그 짧은 시간, 산책과 뜨끈한 차 사이에 어떤 공통점이 있을까, 산책에서 얻을 수 있는 걸 차를 마시면서도 얻을 수 있는 걸까, 생각하며 선택을 바꾼 이유를 합리화하려 애써보지만 좀처럼 되지 않는다. 멍한 뇌를 깨우듯, 추위로 한 템포 느려진 일상을 흔들듯 하얀 수증기가 허공으로 솟아오른다.

내가 글 쓰는 자리는 창을 마주하고 있다. 그래서 겨울에는 찬바람이 슬금슬금 들어와 손이 찬데, 팔팔 끓인 물에 우러난 차 한 모금이면 손부터 온몸이 금방 따듯해진다. 나는 차를 마실 때 전기 포트에 물을 끓이지 않는다. 굳이 양철 주전자에 찬물을 받고, 가스레인지 제일 큰 화구에 올려 팔팔 끓인다. 티백 종이 뒷면에는 90도의 물에 우려 마시라고 쓰여 있지만, 100도에서 펄펄, 팔팔 화가 잔뜩 난 물을 티백 위에다 조심히 따른다. 별다른 이유가 있는 건 아니고, 나는 이게 좋다.

그러면 찻잔은 오래도록 따듯하다. 처음엔 엄청 뜨거운데, 마시는 속도에 맞춰 식는다. 그러다 마지막 한 모금을 마시면 곧바로 차가워진다. 그러면 씁쓸함이 간 자리에 쓸쓸함이 오래도록 머문다. 모든 따듯함을 마시는 사람에게 건넸기에, 꿀꺽하며 목구멍 아래로 모두 넘겼기에 그렇다는 것을 잘 안다. 하지만 잔을 쥐었던 손은 갑자기 차가워졌다며, 손금을 한껏 오므린다. 몸도 마음도 이내 따듯함을 잃고 다시 잔을 감싸보지만 나보다 차가운 것만 존재할 뿐. 따듯함을 다 건넨 잔에는 차가움만 남는다. 굳이 끓는 물을 부어대는 이유가 이것일까. 조금만 더 머물러 달라고, 이별할 것은 알지만 조금만 더 천천히 멀어지라고.

사람은 있을 땐 모르고, 잃은 뒤 깨닫는 게 많다. 건강이 그렇고, 가족이 그렇고, 사랑이 그렇다. 허리가 아프기 전에는 의자에 편히 앉을 수 있음의 행복을 몰랐고, 혼자 나와 밥벌이하기 전에는 식탁에 편히 앉을 수 있음의 행복을 몰랐고, 당신이 그리워지기 전에는 누군가의 곁에 편히 앉을 수 있음의 행복을 몰랐다.

우리는 연인이 건네는 따듯함을, 그 사람 마음이 차가워지고서야 깨닫는다. 분명 천천히 식었을 것인데, 갑작스러운 한기에 어찌할 줄을 모른다. 다시 안아달라고 떼를 쓰며 차가워진 마음을 억지로 껴안아 보지만, 당신께 따듯함을 다 건넨 마음은 차가운 온도만 남아 있다. 뒤늦게야 따듯함을 돌려주려 해도, 길고 깊은 밤 동안 한참 얼어버린 마음은 그대로일 뿐이다.

겨울은 여름보다 길다. 그래서 우리는 평균적으로 쓸쓸한 삶을 산다. 그래서 우리는 따듯한 쪽으로 자꾸만 몸과 마음을 돌린다. 그래서 우리는 사랑을 좇는다. 그래서 사랑은 짧다. 그래서 우리 삶에서 사랑을 떼어낼 수 없나 보다. 그래서 사랑을 떼어낼 수 없나 보다.

잔잔하고 평범하게

잔잔하고 평범하게 찰랑일 때
도리어 흠뻑 젖는 법입니다.

사랑도 그렇습니다.

현기증

어떤 고백에는
현기증이 없다.

우리 엉성한 사랑을 해요

우리는 사람이기에 사람을 완전히 이해할 수 없습니다. 그렇기에 세상에는 완전한 사랑도 존재하지 않겠지요. 억지로 끼워 맞추는 사랑은 숨 쉴 틈 없을 테니 정중히 사양하겠습니다. 완전할 것도, 완벽할 것도 없습니다. 때론 넘어져 무릎에 흙이 묻어도 좋고, 비 오는 날 우산이 뒤집어져 흠뻑 젖어도 좋습니다. 이대로, 엉성한 모습 그대로 우리 사랑합시다. 하루하루 기억은 흐려도 좋으니 우리가 사랑했음은 분명 기억하게요. 민망하고 아름답던 그리고 낭만적인 우리 시간을 꼭 기억하게요. 그만하면 내 사랑은 충분합니다.

단지 그뿐이다

객관적으로 봐도, 키가 크지 않다. 이렇게 공개적인 자리에도 당당히 남길 수 있을 만큼 평소 숨기지 않는다. 그러다 숫자를 말하면 사람들은 보통 놀라는 표정을 지으며 "그렇게는 안 보여!"라고 칭찬 아닌 칭찬을 건넨다. 그러고는 바로 "그래도 170으로는 보이는데"라고 덧붙이지만 170도 객관적으로는 작은 편에 속하지 않나. 그래도, 그렇다고 기분이 나쁘거나 하진 않다. 사실이니까.

키가 작아서 불편한 건 딱히 없다. 놀이동산에 가면, 떨어지는 순간 큰 실수를 할까 봐 걱정돼서 타지 않는 자이로드롭을 빼고, 웬만한 것은 다 탈 수 있다. 영화

관에 가도, 어쩌면 남들보다 더 편하게 영화를 감상한다. 바지는 늘 줄여 입었지만 이제는 긴 바지가 유행일 땐 유행에 맞춰 그냥 입거나, 짧은 바지가 유행일 땐 적당히 눈대중으로 잘라내어 마음에 들게 만들어 입는다.

그래서 키 큰 사람이 부럽지 않냐 물으면, 당연히 부럽다. 피지컬에서 나오는 든든함이라고 할까, 어쩌면 내가 영원히 가질 수 없는, 요령껏 흉내 내보려 하는 것들이 그들에겐 자연스러운 일상이기에. 하지만 앞에서도 언급했듯이, 그렇다고 기분이 나쁘다거나 부정적인 감정에 휩싸이는 건 아니다. 순수한 부러움이라고 할까.

지금은 좀 덜하지만 학창 시절부터 이성에 관심이 많았다. 키를 매력 포인트로 삼기는 어렵겠다는 걸 일찌감치 깨우쳤고, 그래서 키가 아닌 나의 매력을 찾으려 애썼다. 지나온 날들을 하나하나 짚어보면 나는 표현하는 방법에 대해 많은 고민을 해왔다. 어떻게 하면 내가 하는 말이 좀 더 설득력 있을지, 매력적으로 들릴지, 호기심을 자극할지.

그동안 많이도 차였고, 많이도 만났다. 그들과 만나면서 느낀 건, 부딪히고 상처 나서 아파했던 시간들이 참 소중하다는 것이다. 스스로 깨닫기도 하고, 상대방에게서 많이 배우기도 했다. 누군가와 관계 맺는 법에 대해. 나를 내 모습 그대로 드러내는 법에 대해. 서로 마음을 주고받는 법에 대해. 이제 키는 성장을 멈췄을지 몰라도 관계는, 마음은 아직도 성장 중이다.

길거리에서 애인을 찾을 때면 까치발을 들지만, 멀리서부터 활짝 웃어 보이는 당신을 보면 아주 좋은 기분이다. 그런 당신을 품에 가득 안고, 볼과 볼을 맞대는 데는 내 키가 딱 알맞기에, 당신에게 달려가는 이유를 당신은 알까. 찬바람 부는 겨울이 반가운 이유가 당신 덕분에 하나 생겼다. 그러니 어찌 우리가 사랑하지 않을 수 있을까.

객관적으로 봐도 키가 크지 않다.
단지 그뿐이다.

시끄럽지 않아서 귓속말을 하며

생각보다 작은 키, 새까만 머리카락과 새하얀 피부, 타이트한 청바지에 넉넉한 흰 반팔 그리고 투명한 비닐 우산. 빵집 앞에서 한 손으로 핸드폰을 들어 보이던, 수수한 화장 때문에 빨갛던 입술. 급할 것도 없지만, 밥을 먹으며 함께 술을 마시고. 처음 만난 사람과 노래방에서 노래를 부르고, 허리를 반듯이 세워보니 따듯한 어묵탕과 소주를 마시고 있었다. 시끄럽지 않아서 귓속말을 하며, 아무 말도 아닌데 서로 부끄러워하며, 입보다 눈으로 더 많은 말을 나눴던. 빈 물 잔을 톡톡 건드리며 신발 앞코는 툭툭 아무 말이나 묻곤 했다.

좋아하는 사람이 있는데요

그 사람은 아마 모를 거예요. 내가 표현을 잘 못해서요, 아무 말도 못 했거든요. 친구들한테도 얘기 안 했어요. 그래도 내가 직접 전하고 싶어요. 언제 말이나 붙일 수 있을진 모르겠지만요. 소심한 성격은 아니에요. 그래도 밖에선 할 말도 하고, 먼저 대화를 시작하기도 한답니다. 가끔은 재미난 질문도 하고, 이야기도 잘 들어줘요. 낯이야 다들 가린다지만, 친해지면 나름 편안하고요, 그중에서도 꽤 다정한 사람일 거예요. 그러니, 우리 얼굴 보고 얘기 한번 해요. 한 걸음 뒤에서, 좋아하는 티는 조금만 낼게요.

계절을 타지 않는

하루 종일 당신만을 생각했습니다. 행복과 불안이 함께 느껴졌습니다. 너무 좋아서 불안하다는 말이 이런 것일까요. 이렇게 행복해도 되나, 놀랍다가 나중엔 얼마나 아파야 할지 쓸데없는 걱정도 했습니다. 사랑한 만큼 늘 아팠기 때문입니다.

그래도 다행인 건, 우리 사랑은 계절을 타지 않는다는 것입니다. 겨울엔 눈을 보고, 여름엔 시원한 과일을 먹고, 가을엔 드라이브를 가고, 봄엔 피어난 꽃을 구경하러 가겠지만 마음은 내내 서로만 바라볼 테니까요. 사랑을 말하고 싶을 땐 아끼지 않고 말할 것이고, 당신이 보고 싶을 땐 내가 먼저 다가갈 테니, 우리 뒤덥고* 사랑을 합시다.

* 추신. '뒤덥다'는 편들어 감싸준다는 옛말입니다.

우리의 매일이 반짝이도록

의미부여를 하지 않는 편입니다. 기념일이나 생일같이 특정한 날에요. 좋게 말하면 모든 하루를 공평하게 소중하다 여기는 것이고, 나쁘게 말하면 둔감한 사람이라고 할 수 있겠습니다. 그렇다고 이벤트를 잘 챙기는 사람을 보며 혀를 차거나 못마땅하다는 듯이 고개를 돌리진 않습니다. 새해를 맞이해 떠오르는 해를 보러 가는 부지런함과 숫자 모양 풍선을 사다가 친구들끼리 서로 사진을 찍어주는 다정함은 좀 부럽기도 하니까요.

이렇게 생각하는 까닭이 몇 가지 있습니다. 첫 번째는 내 생일 때문입니다. 나는 1월생입니다. 생일은 한 번도 빠짐없이 늘 방학 중간에 있었습니다. 학창 시절부터 조용한 기억으로 소란스러운 날을 덮어두었지요. 가장 기억에 남는 선물도 초등학교 1학년이 되던 해 이모가 선물하신 연필깎이입니다. 그때가 여덟 살이었는데, 20년 가까이 지난 지금도 책상에는 스누피가 그려진 그 연필깎이가 놓여 있습니다. 때문에 아직도 연필을 쓰고요. 날이 닳아서 말끔하게 깎이진 않지만, 그 맛으로 연필을 쓰는 것이니 나름대로 괜찮습니다.

앞으로도 생일을 크게 챙길 계획은 없습니다. 몇 해 전부터는 케이크도 따로 챙겨 먹지 않고, 카카오톡 생일 알람도 꺼두었습니다. 선물은 주고받는 게 아닌, 마음을 담아 건네는 것인데, 받은 만큼 주어야 한다는 의무감이 조금 불편했기 때문입니다. 그럼에도 기억하고 연락을 주는 친구가 몇 명 있기에, 그들과 따듯하게 나누는 대화 몇 마디면 겨울을 나기에 충분합니다. 또한 생일은 나보다 낳아주신 부모님을 위한 날이지요. 3일 내내 진통하시고, 눈 오는 겨울날, 뭔가를 받겠다는 기대감 하나 없이 세상을 선물해주셨으니, 당신께 따듯한 말마디를 건네며 하루를 보내곤 합니다.

두 번째는 원래 성격이 그렇습니다. 특정한 날은 물론, 특별한 날도 잘 즐기지 못합니다. 크리스마스, 무슨 무슨 day, 어린이날, 학교 축제, 파티 같은 것들 말입니다. 그런 자리에 있으면 마음이 참 불편합니다. 사람들 표정과 기분을 따라가지 못해서, 다들 마음껏 소리 지르는데 나는 그게 안 돼서, 그런 날 초대는 정중히 사양하곤 합니다. 굳이 껴서 즐기는 사람의 기분을 해치고 싶진 않기 때문입니다.

그 대신, 가까운 사람들과 소소하게 둥그런 자리에 모여 앉아 도란도란 이야기 나누는 걸 좋아합니다. 그런 자리는 몸도 마음도 아주 편안합니다. 허리가 좋지 않아서 자세를 자주 고쳐 앉는데, 눈치 보지 않고 마음껏 이리저리 몸을 움직일 수 있고요. 말하는 것보다 듣는 걸 좋아하는데, 주고받는 문장들을 가만히 들으며 예뻐게 쌓는 데 집중할 수 있습니다. 그런 밤에는 꼭 천천히 잠이 들고, 아쉬움보단 넉넉함으로 하루를 마무리하곤 합니다.

어떨 땐 참 무미건조한 삶 같아 보입니다. 이런 생각과 성격 때문에 잃는 것도 분명 있습니다. 조금 외롭고, 나를 자주 살피기에 조금 더 피곤하긴 합니다. 대신 하루를 조금 더 깊게 살필 수 있고요, 매일 쓰는 글에 '나'를 조금 더 담아낼 수 있습니다. 주위 사람들과 깊고 단단하게 엮일 수도 있지요. 한번 맺은 인연은, 한 번 묶인 인연의 끈은 쉽사리 끊기지 않습니다.

특별한 날은 1년에 몇 번뿐이지요. 몇 번 없는 그날에 모든 반짝임을 다 갖다 붙이면 다른 날들의 빛이 흐려질 것만 같습니다. 고르게 매일매일을 반짝이게 해주고 싶은 마음입니다.

어쩌면 나는 요란한 걸 싫어하는 모양입니다. 이런 사

람이라서 당신은 실망하셨을까요? 특정한 날은 물론 특별한 날을 번듯하게 잘 챙기지 못하는 나이지만, 이렇게 좋은 쪽으로 생각해주시면 어떨까요?

사실은 나에게 매일이 특별한 날이라고요. 당신이 웃어서, 나에게 기대서, 우리가 좋아하는 음식을 먹어서, 손잡고 산책해서, 보자고 보자고 졸랐던 영화를 봐서…. 그런 순간들이 하루를 특별하게 만들어냈다고요. 이게 어떤 의미인지 분명하게 알 수 없어도, 그렇기 때문에 더욱 특별한 하루였다고요. 당신이 함께해서 꼭 그랬다고요. 당신과 함께하는 모든 순간이 나에게는 꼭 그렇다고요. 당신과 한번 맺은 인연의 끈은 쉽사리 끊기지 않을 거라고요.

나의 둔감함을 그렇게 바라봐 주시면 감사하겠습니다.

마음만큼

당신 고운 손이 거칠어진 순간을 보고 싶은 건, 어떤 마음 때문일까요. 그때는 내 손도 거칠어져 있겠지요. 닮은 닮은 우리 손 주름이 맞닿을 땐 어떤 느낌일까요. 우리가 할아버지 할머니가 되어서도 함께할 수 있다면, 이건 오글거리고 낭만적인 고백일까요. 부끄럽다는 이유로 단어와 문장에 자꾸만 마음을 숨깁니다.

나는 오래오래 만나자는 말을 좋아하지 않습니다. 서로 생각하는 '오래'의 시간이 다를뿐더러 '오랜 시간'이란 너무도 모호해서 내뱉은 순간 어디에도 닿지 못하고 흩어져버리는 것 같아서요. 그런데 만약 "우리 5년 동안 만나자"라는 말을 들은 연인은 "그게 무슨 말이야" 하며 표정을 구기겠지요. 그러면 10년, 20년은 괜찮을까요. 어떤 사람들은 "평생 함께하자"는 말이 부담스럽게 느껴진다고도 합니다.

그래서 나는 당신의 고운 손이 거칠어진 때를 보고 싶다 말합니다. 그러면 우리는 얼마큼의 시간을 함께해야 똑 닮은 닮은 손을 맞잡을 수 있을까요. '사랑하는 만큼'이겠지요. 나는 우리가 사랑하는 만큼 함께했으면 합니다. 당신 생각과 마음의 무게는 가늠도 않고서 감히 툭 던져봅니다. 그렇다고 당신 사랑을 시험하는 건 아닙니다. 사랑은 언제나 진실해야 하니까요. 누구보다 무겁고 진실한 마음으로 사랑하는 만큼 함께하자고 전합니다.

'마음만큼'이란 말을 참 좋아합니다. 왜냐하면 더하고 덜어낼 필요 없이, '마음만큼'만 말하고 행동하면 되거든요. 다른 누군가의 시선, 생각, 마음은 한쪽으로 밀어두고, 내 마음 따라 그만큼만 해내면 되거든요. 그래서 누군가 내게 고민을 이야기하면 “마음만큼만 하세요”라고 자주 대답하곤 합니다. 우리는 마음만큼 사랑하고, 힘들고, 슬퍼하고, 울어낼 의무가 있기 때문입니다. 또한 마음에서 흘러나오는 것은 대부분 참아서 해결되는 일이 아니어서 그렇습니다.

사랑하는 마음으로 당신 손을 바라봅니다. 고운 손이 거칠어진 장면은 우리가 사랑하는 만큼 함께했다는 걸 의미하겠지요. 나와 당신은 거칠어진 서로의 손마디와 손금을 매만지며 함께한 세월을 세어보겠지요. 맞잡은 손은 거친 마디들이 맞물리다 못해 하나가 되지 않을까요. 그때도 나는 같은 말을 건넬 것입니다. 사랑하는 만큼 함께하자고요. 우리는 사랑하는 만큼 함께할 의무가 있으니까요. 사랑하는 만큼 함께했으니, 이렇게 사랑하는 만큼 함께 살아가자고요.

번갈아 가며, 나란히

남겨지는 발자국이 어떻든지 우리 함께 걷자. 언제는 내가 당신을 앞서고, 당신이 나를 앞서는 때도 있겠지만, 번갈아 가며 천천히 걸음을 맞추어보자. 그러면 우리 어떻게든 다시 만날 수 있지 않을까. 조급한 마음에 성큼성큼 걸을 필요 없다. 가끔은 비틀대며 우스운 모습을 보여도 괜찮다. 내리막에선 조심스럽게, 오르막길은 숨을 고르며 올라도 좋다. 아니, 원래 그렇게 걷는 거다. 그러니 우리 씩씩하게 걷자. 발을 맞추고, 자주 눈도 맞추고, 이왕이면 마음도 맞추면서 기쁘게 살아가자. 그러면 걸음 끝에 도착한 곳이 어디든 좋지 않을까. 결국 당신과 함께할 테니까.

봄이었다

눈빛이 다른 아이였다.

그녀의 눈망울은 꽃처럼 활짝 피어서

촉촉하고 아름다웠다.

안아 품기에는 연약했고

바라만 봐서는

꿈에서 깨지 못할 거 같았다.

겁이 났는지

심장은 두근대며 뛰었고

어쩔 수 없이

그녀의 이름을 입에서

꺼내어야 했다.

봄이었다.

차고 따듯한 바람이

줄을 서 차례를 기다리는.

들숨과 날숨

밤에는 사랑이 진하다. 색감을 보정할 필요 없이, 맨눈으로도 마음이 훤히 보인다. 침묵 속에 사랑은 움튼다. 밤이 되면 사랑을 먼저 품은 사람이 용기를 갖는다. 물음표는 여전하지만, 몇 분 남지 않은 하루가 마음을 재촉한다. 오늘 밤뿐이라며, 그렇게 느린 걸음으로는 닿을 수 없다고 말이다. 서투른 사랑에 서두름이 더해지니 부끄러움만 남는다. 깜깜한 밤은 거울도 어둡게 만드니, 마음을 이정표 삼아 당신에게 다가간다. 두근대는 심장 소리도 규칙을 잃은 지 오래. 의지할 것은 불확실한 사랑뿐이다.

거절이 두려운 건 아니다. 그저 내가 마음에 든다면 그렇다고, 한 호흡에 답해주길 바랄 뿐이다. 내 들숨은 당신의 날숨을 내내 기다려왔으니 말이다.

해 질 녘

해 질 녘에 당신이 가득하다.

이제는 하루가 끝나갈 때면

당신이 보고 싶다는 말이다.

그리고 크리스마스

연말이면 사람들 표정이 편안해 보인다. 어찌 되었든, 한 해가 끝나간다는 것을 몸으로도 느끼는 때여서 그러할까. 내리는 눈을 바라보면서, 하얗게 깔린 눈을 바라보면서 하얀 도화지를 떠올리고 '그래, 다시 새로 그리면 되는 거지' 다짐할 수 있어서 그러할까.

짧은 사랑이 눈처럼 내리던 날이었다. 쌓이지 못하고 금세 녹아버리는, 그런 눈 같은 사랑. 그리고 크리스마스.

사랑인 줄 알았다

늦은 밤이 익숙한 우리였다. 감정을 절제하지 않아도 되는, 감정이 불균형할수록 편안한 새벽을 사랑했다. 서로 사랑하는 게 같아서, 서로를 사랑할 수밖에 없었다. 우리는 그렇다고 생각했고, 동의했으며, 그렇게 그것이 사랑인 줄 알았다. 지금도 여전히 사랑이었을 거라 착각하고, 어쩌면 진실일 그것을 부정한다.

사랑은 가장 아름다운 모순이다. 잊을 수 없는 기억은 축복일까, 저주일까. 다행스럽게도 세상은 여전히 아름답다.

구름

하고 싶은 말이 많았고
해야 할 말도 많았다.

하지만 바람이 강하게 불어
입안의 단어가 모두 날아가 버릴까 봐
입을 열 수 없었다.

구름은 어떤 바람이든 개의치 않고
제 빠르기로 헤엄치는데
그런 구름에 말을 담고 싶었다.

바람 따라 구름 따라

당신에게 내 마음이
전해졌으면 했다.

입안에선 귤껍질이 토돌
씹혔다.

어떤 이별은 한 걸음 늦곤 한다

눈물이 뚝 떨어졌다. 내 힘듦을 눈으로 마주한 순간이었다. 완전한 줄 알았는데, 불안정한 내 모습에, 되려 안도의 한숨이 터져 나왔다. 쉬고 싶었던 걸까, 아니면 무너지고 싶었던 걸까. 버팀에 지친 걸까, 견딤이 버거웠던 걸까. 아무렴 멈춤이 반가웠다. 발목을 붙잡은 소리 없는 울음이, 퍽 따듯했다. "편안하게 잘 살아" 당신의 마지막 인사가 떠올랐고, '당신도 꼭 그래야 해' 끝내 전하지 못한 마음이 마저 웅얼거렸다. 시들어가는 꽃엔 물을 줄 게 아니라, 도로 묻을 곳을 찾아야 한다. 당신을 묻어둔 마음을 다시금 토닥이는 시간이었다. 걸음 늦은 이별이 그제야 도착한 것이었다.

좋아했던 것, 좋아하는 것

우리는 느린 기차를 좋아했다. 빠른 기차는 풍경이 어지럽게 겹쳐서, 자그만 의자 때문에 앉은 자세가 불편해서, 편한 옷보다 양복을 입은 사람이 더 많아서, 그래서 딱딱한 공기를 마셔야 해서, 같은 이유로 우리는 느린 기차를 타고 여기저기 돌아다녔다. 어른들은 기차 안에서 삶은 달걀을 먹고 사이다를 마셨다고 하던데, 우리는 기차역 근처 편의점에 들러 각자 좋아하는 과자를 하나씩 골랐다. 마실 것은 언제나 나는 토마토주스, 당신은 포카리스웨트. 먹을 것을 양손에 번갈아 쥐면 그 어울림이 나쁘지 않았는데, 마치 우리 모습 같았다. 동그란 시계 알과 납작한 시곗바늘이 언제나 함께하면서 어색하지 않은 것처럼.

우리는 사진 찍는 것을 좋아했다. 네모난 카메라를 들고 둥근 렌즈로 서로를 바라볼 때면 무엇이 그리 우스웠는지, 한번은 그렇게 뒷걸음질 치다 꽈당 넘어진 적도 있었다. 아픔과 걱정도 잠시, 넘어진 내 모습을 찍어두겠다고 성큼 다가오는 당신은 세상에서 가장 사랑스러운 표정을 지었었는데, 그 표정을 찍은 사진이 아직 내게 있는 줄은 당신은 영영 모르겠지. 하늘과 나무가 담긴 풍경 사진도 많이 찍었다. 하루하루 보면 변하지 않고, 오랜만에 돌아보면 한참 달라져 있는 것들을 찍어두었다. 우리도 나중엔 한참 달라져 있을 것을, 그땐 알고 있었을까.

우리는 서로 비슷한 점을 좋아했다. 예쁜 옷을 좋아했고 서로를 꾸미길 좋아했지만, 아무리 추운 날이어도 목도리는 하지 않았다. 서로에게 건네는 따듯한 말이면 목을 데우기 충분하다며, 우리만 주고받는 따듯한 말들로 입을 가까이 맞추곤 했다. 향수를 뿌리기는 했는데, 옅은 향을 좋아했다. 가까이서 맡아야만 어떤 향인지 알 수 있는, 등을 토닥여야 깊은 향이 전해지는.
우리는 좋은 핑계와 이유로 가까워질 수밖에 없었다.
책은 꼭 종이책으로 읽어야 했다. 서점에 가면 20분 정도는 읽어야 구매를 결정할 수 있었다. 빈손으로 서점을 나온 적이 많지만, 그렇지 않은 날에는 원래 가방엔 책을 넣는 것이라며, 가방 가득히 책을 사곤 했다. 신중하면서 충동적인 모습이 우리의 만남과 이별을 설명하기에 충분하고도 적당한 이유였다.

지금은 시간을 이유로 빠른 기차를 타고, 일을 한다는 이유로 예쁜 옷보다 편한 옷을 입고, 책은 규칙적으로 달에 두세 권 사 읽는다. 하지만, 여전히 느린 기차와 사진 찍기와 그때 좋아하던 것들을 좋아한다. 기억을 기억하면서, 추억을 추억하면서, 그때의 작은 울림을 갖고 살아간다.

좋아한다는 건 생각만으로도 웃음이 난다는 것. 좋아했다는 건 추억만으로도 마음이 울리는 것. 생각난다는 건 사실은 좋아한다는 것. 추억한다는 건 사실은 좋아했다는 것. 좋아했던 것을 여전히 좋아한다는 건, 모든 걸 용서했다는 것. 마지막 장면의 이름이 추억이라는 것.

사랑한 사람이 있었습니다

사랑한 사람이 있었습니다. 많이 사랑했어요. 이별은 아픈 것임을 그 사람에게 배웠고, 생각보다 짙다는 것도 당신이 알려주셨습니다. 흔적은 지워지지 않는 것이고, 기억은 스며들지 않는다는 것도, 모두 당신이 남겨주었습니다. 원망하진 않습니다. 이제 다시 사랑하지 못할 사람을 미워하는 것만큼 안타까운 것도 없지요. 잊으려 애쓰는 것만큼 미련한 것도 없고요. 지우려 이름을 부르는 것만큼 처량한 것도 없었습니다. 사랑한 사람이 있었습니다. 많이 사랑했고요, 지금은 무심한 척합니다. 가만히 그 자리에서요.

이해

더 사랑하면 이해가 필요 없고,

덜 사랑하면 이해를 할 수 없고.

다시 울게 되는 날

잔잔함. 추구하는 삶의 방향. 차분히 흐르는, 그렇다고 늘어지진 않는 시간. 부드럽고, 제 모습을 유지하는 구름 같은. 사람마다 생각하는 잔잔함이 다르겠지만, 내 잔잔함은 그러하다. 같은 파도를 바라보면서도 내겐 잔잔한 것이, 누군가에게는 철썩이며 물거품을 만들어내는 거침일 수도 있으니. 서로의 감정을 다 알지 못하고, 다양한 표정 속에 무표정이 존재하는 것도 같은 이유겠다.

떠나는 이에게 소리치는 외침은 왜 이리도 잔잔한 걸까. 귓바퀴까지 뻗어나가지 못하고, 자리에 주저앉고 마는 걸까. 후회 가득한 단어들의 무게가 무거워서 그런 걸까. 아끼고 숨기고 못다 한 사랑은 축축하게 젖어 외침의 어깨를 무겁게 한다. 바닥으로 힘겹게 끌어당기며, 눈물을 떨구게 한다. 그래서 잔잔함을 좋아하는 한편, 그것이 미운 때가 있다. 당신은 절대 알지 못하는 그런 때가 있었다.

가끔은 창문을 열고서 잔잔함을 찾는다. 바다를 건너온 바람은 건조할 때가 없듯이, 사람을 스치고 건너온 바람도 그렇다. 창문을 열면 발자국 가득한 바람이 불어온다. 아픈 감정들 때문에 깊게 팬 자국과 무난했던 하루들이 얕게 남긴 자국도 있다. 그런 발자국들을 따라가다 보면, 한 사람을 만난다. 대체로 발자국 모양과 똑 닮은 사람인데, 당신도 그랬다. 깊게 팬 자국은 나름 모른 척한다고 했는데, 당신도 그것을 느꼈을까. 내 발자국은, 그중에서 깊게 팬 것은, 모른 척을 해주면 좋겠다고 생각했는데, 당신은 왠지 그것을 알고 있었던 것 같다.

기억은 잔잔하게 지워진다. 기억은 지우개로 거칠게 지우는 것이 아닌, 물감에 물 칠을 해 옅어지게 하듯 지우는 것이다. 물을 많이 먹은 종이를 운다고도 표현하는데, 사람도 마찬가지다. 깊게 팬 자국이 눈물을 가득 먹으면, 그제야 잔잔한 기억이 되곤 한다. 그럼에도 그 잔잔함 때문에 다시 우는 날이 있다. 당신도 그 감정을 알고 있을까. 잔잔한 날이면, 한 번은 이런 생각을 해보는 그런 때가 있다.

있잖아, 나는 여전히 사랑해

며칠 전 꿈에 당신이 나왔어. 원래는 어젯밤이던 날에 일기를 쓰려 했는데, 벌써 몇 밤이 지났다. 나는 또 당신을 놓친 걸까. 당신 꿈을 처음 꾸는 건 아니지만, 이번엔 잊히지가 않아. 여전히 사랑하는 걸까. 다 지웠다고 생각했는데, 같이 찍은 사진 한 장이 남았더라고. 예전에는 몇 장씩이나 한 번에 지웠는데, 이번엔 한 장뿐인데도 못 지우겠어. 그렇다고 그때의 나랑 당신을 자세히 들여다보는 것도 아냐. 마음이 아프고 오글거릴 거 같거든. 세상에서 가장 가까웠던, 내 이야기의 주인공이었던, 당신. 있잖아, 나는 여전히 사랑해. 그런 것 같아가 아니라 그런 게 맞아. 그리고 나는 여전히 당신 마음을 몰라서, 언젠가 당신이 볼까 싶은 마음에 여기 이렇게 적어.

보고 싶다.

지우려 해서 자국이 남았습니다

흙으로 뭉치지 못하고
모래로 흩어지는 것은
충분히 울어내지 못한 탓일까요.

비가 그친 지 오래되었다며
맑은 하늘을 탓한다면
그것대로 울어낼 이유가 될까요.

부끄럽습니다.
지우려 해서 자국이 남았습니다.
검게 때가 탄 지우개는
아직 따듯합니다.

그래서 내일은

비가 오면 좋겠습니다.

깊게 가라앉은 무거운 마음이

내리는 비에 데굴데굴

굴러 떠내려갈 수 있게요.

금방 괜찮아질 것 같진 않습니다.

아무래도 이번에는 오래 아프겠습니다.

짓궂은 사랑

내가 사랑했던 사람들은 많이들 아팠습니다. 그래서 사랑은 원래 아픈 줄로 알았습니다. 사랑을 하려면 사랑하는 만큼 아픔을 견뎌내야 한다고 생각했습니다. 그래서 친구들과 사랑을 주제로 이야길 주고받을 때면 마음이 슬펐습니다. 그들도 아픈 사랑을 했지만, 내 사랑이 특히 아프게 느껴졌습니다.

한 여자를 사랑할 때는, 차라리 대신 아파할 수 있다면, 아픔도 가져갈 수 있는 거라면 어떨지 밤새 생각한 적이 있습니다. 몸이든 마음이든, 견딜 만하든 아주 아프든, 지켜보는 것보단 품에 안기는 게 차라리 낫겠다고, 철없고 낭만적인 사랑을 꿈꾼 적이 있습니다.

델 듯 뜨거운 여름이었습니다. 당신은 다가가면 한 발 멀어지고, 멀어지면 한 발 다가오는 사람이었습니다. 나는 당신이 내 손에 잡히길 바랐습니다. 차라리 품에 꽉 안고 있는 것이 낫겠다고, 한시도 떨어지고 싶지 않다고, 철없는 사랑을 바란 적이 있었습니다.

참 짓궂은 사랑이었습니다. 찬란하게 반짝이던 아름다운 햇빛이 뜨겁게 심술부리던 짓궂은 여름이었습니다. 내가 당신을 철없이 사랑했던, 여름이었습니다. 지독한 장난 같았던, 짓궂은 당신을 뜨겁게 사랑했던, 여름이었습니다. 그래서 그 여름은 참 짓궂은 사랑이었습니다. 그래서 뜨겁게 아팠던 여름이었습니다.

이런,

나는 이런 사람이 싫은데
당신은 이런 사람이었고
나는 이런 당신이 좋았다.

이런, 사랑이었다.

여름밤

나는 그 말을
듣고 싶지 않았는데

당신은 그 말을
하고 싶었나 봅니다.

그때부터 우리는
점점 멀어졌습니다.

이름

부산에서 나고 자랐다. 다정함이 부족한 사람은 아니지만, 무뚝뚝한 면도 함께 있다. 예를 들면, 이성의 이름만 부르지 못한다는 것. 지금은 좀 괜찮아졌지만, 학창 시절엔 이름 앞에 꼭 성을 붙였다. 여자애들을 부를 때 김○○, 이○○이라고 말해야 마음이 편했다. 다행인 건 내 친구들도 남녀 할 것 없이 모두 그랬다는 것이고, 더욱 다행인 건 당신은 내게 그러지 않았다는 것이다. 꼭 소풍 가서 수건돌리기 할 때처럼, 내 얼굴이 붉어지는 이유를 알면서도, 곁을 둥글게 돌며 내 이름을 부르던 당신. 괴롭히듯 간지럽히듯 다정하게 이름만 불러주던 당신이, 왠지 모르게 종종 보고 싶다. 내 마음 깊숙한 곳까지, 얼마나 설렜으면 가슴에도 붉게

열이 났었다고, 당신에게 말하고 싶다.

분명 사랑했음에도, 이제는 목소리가 기억나지 않는다. 얼굴도 희미해져서 눈, 코, 입을 자꾸만 더듬는다. 슬피 울던 떨림만 손끝에 남아 지직거리는 그때 그 장면을 떠올린다. 고개 숙인 채 가방에 책과 필통을 욱여넣던 내게 이름을 건넨 당신. 조금 놀란 표정을 지으며 고개를 들어 올리자, 눈을 마주하며 "안녕"이라고 인사를 건넨 당신. 그때 정말 예뻤던 당신이 자꾸만 흐려진다.

가끔 꿈에 당신이 나오면, 나는 몇 번이고 당신 이름을 부른다. 고개 들어 눈을 마주할 때까지 기다리겠다고, 내내 간직한 인사를 전하겠다고, 엉엉 울며 인사를 건넨다.

소리 없는 울음

소리 없는 울음이 있다. 어떤 연유로 소리는 내버려 둔 채 울음만 데려온 것인지, 가엾은 울음이다. 울음을 오랜 시간 참으면 울음에는 울음만 남는다. 소리 하나 내지 못할 만큼 무거운 울음만 남은 울음. 눈물을 쏟아내려 고개 숙일 힘도 없는, 남은 것은 오직 울음뿐인, 어찌 품어야 하는지 알 수 없는 그런 울음이 있다.

어느 때는 울음조차 없는 경우가 있다. 가장 슬픈 것이다. 울음도 없다는 건 슬픔 외에 무엇도 존재하지 않는다는 것. 다른 것으로 채우려 해도 슬픔이 가득해서 조금의 틈도 보이지 않는 것. 그렇기에 괜찮은 척 웃어 보여도 슬픔만 묻어 나오는 것.

여전히 서울 어딘가의 지하철역에는 그 자리에 서서 소리 없이 울던 당신이 있다. 소리 없는 울음에 뒤돌 수밖에 없던 내가 있다. 당신을 안아야 하는 줄도 모르던 울음, 사랑한다고 말해도 되는 줄 모르던 울음은 여전히 소리가 없다. 가엾고 가여웠던 20대 초반의 우리가 여전히 그곳에 있다. 서울 곳곳에는 여전히 우리의 슬픔이, 울음이 소리 없이 살아 있다.

조금만 더 사랑할 걸 그랬어

감정은 시간이 지날수록 침묵한다. 끝 모르고 뻗을 것 같던 설렘은 번짐이 그치고, 익숙함이란 이유로 흩어진다. 드물게 설렘은 사랑이 되는데, 애석하게도 사람은 설렘만을 사랑이라고 생각한다. 편안함은 사랑으로 생각지 못하는 것이다. 무거운 사랑을 품고도 서로를 향해 달리던 둘은 가벼워진 사랑을 가지고도 느리게 걸으니, 한쪽이 서운할 수밖에 없다. 그때는 사랑을 당연한 것으로 생각해서 크게 외칠 수도 없으니, 입에 맴도는 단어를 어찌할까. 그래서 나는 당신께 말했다. "우리가 조금만 더 사랑하면 좋겠다"고, "그렇게 살아가면 안 되겠냐"고. "지금도 정말 좋은데, 조금만 더 사랑하자"고 말이다. 그때 당신 표정은 읽기 힘들었다.

편안함을 깨뜨린 문장은 불편함을 퍼뜨렸다. 사랑보다 욕심이 앞섰던 것일까, 욕심보다 사랑이 앞섰던 것일까. 나는 당신에게 왜 재차 더 사랑하자고 말했을까. 이렇게 아플 줄 알았다면 "조금만 덜 사랑하자"고 말했을 텐데. 웃음이 아니라 울음이었어도, 그 모양이 더 예뻤을 텐데 말이다.

당신이 내내 그립겠습니다

그리움이 없으면 사는 게 의미 없으니까. 당신이 내내 그립겠습니다. 늘 제자리에 머무는 추억이란 그림자가 혹여나 지워질까, 나는 내내 제자리에 머물러야겠습니다. 등지고 사는 게 헤어진 사람들의 의무라지만, 지키기만 하는 건 또 삶이 아닐 테니, 짓궂게 당신을 그리워하겠습니다. 당신은 이런 내가 밉겠지요. 미울까요? 그래야 나도 당신을 미워할 텐데 말입니다. 그리움의 동의어는 미움이고, 미움의 반의어는 그리움이라는 말을 들었습니다. 그래서 사랑은 모순이지요. 나와 당신이 만났다는 사실 자체가 어쩌면 모순이었겠습니다. 이별이 힘든 것도 같은 이유일까요. 그러면 어디서부터 어디까지 사랑이었다 할 수 있을까요. 그래도 진실한 순간이 있었을 테니, 이렇게 그립고 미운 것이겠지요.

3월의 끝에서

외로움도 무뎌진다는 건 거짓말이다.
그렇다면 사랑이 이렇게 그리울 수 없다.

다음 주면 봄이 오려나 보다.

세상에서 가장 밉고
그리운 것이
다시 피어나려나 보다.

나는 그렇게 사랑을 배웠다

알아가고 싶었다. 아침 몇 시에 일어나는지, 점심은 무얼 먹는지, 잠은 잘 자는지. 그 사이에 틈이 있다면 자연스럽게 끼어들고 싶었다. 불편하지 않게 깨끗한 옷과 좋은 향을 품고, 엉덩이를 반만 걸친 채. 자연스럽게 기대고도 싶었다. 무릎도 괜찮으니 작은 부딪힘으로 시작해서 어깨와 가슴까지 맞닿는, 부드러운 상상에 자꾸만 얼굴을 붉혔다. 함께하는 하루가 많아졌고, 입는 옷이 얇아지고 줄어들었다. 다정한 표정이 달아난 온기를 대신했고, 나는 그럴 때마다 사랑에 빠져 숨이 가빴다. 고맙고, 예쁜 사람. 나는 그렇게 사랑을 배웠다.

아낌없이 다정할 것

아까워하지 말자. 기꺼이 내어줄 수 있을 때, 우리는 다정할 수 있다. 오히려 자기 그릇보다 가진 게 많으면 여유는 가질 수 없는 법이다. 가진 게 적더라도 마음만큼 나누는 사람에겐 여유가 느껴진다. 그 여유를 우리는 다정이라 하고, 또 한편으론 사랑이라 한다. 무언갈 주고받을 때, 저울이 필요하지 않다면, 그건 둘이 사랑한다는 것. 따라서 아낌없는 사랑은 즐겁다. 사랑은 넘칠수록 여유로워지는, 세상에서 가장 아름다운 모순. 그러니 사랑을 아까워하지 말자. 기꺼이 마음을 내어줄 수 있을 때, 우리는 서로에게 다정할 수 있다. 그러니 우리 다정하고 사랑도 하자. 여유롭게 하나씩 다정하고, 그것들 마음에 차곡차곡 쌓으며, 그렇게 꼭 사랑하자.

사랑해? 나를

부끄러움 묻어난 대답에 고개를 돌렸다.

히죽거리는 표정에 마음을 들킬까 봐.

이미 다 들통나버린 것도 모른 채,

사랑에, 나를 숨기려 했던 것이다.

내 사랑을 그대에게 드려요

민들레 꽃말입니다. 말 그대로 사랑하는 마음을 그대에게 드리는 것이지요. 봄이 오면 민들레를 보고 당신을 떠올리는 이유이기도 합니다. 꽃 피던 날, 싱거운 문장으로 자꾸만 당신을 불러낸 까닭을 이제는 아실까요. 아직 봄바람이 따듯합니다. 하늘도 맑아서 손잡고 걷기 적당한 날씨입니다. 해가 지고 저녁이 되고 밤이 되면, 당신이 자꾸만 궁금해집니다. 이제 내 사랑을 그대에게 드릴 테니, 대답을 들을 수 있을까요. 감히 당신 마음에 노란 꽃을 심어도 괜찮을까요.

습관

새로운 습관이 생기면
그건 사랑에 빠진 거래.

우리 바다 보러 가자

걷자. 시원한 바람 맞으며 날려 보낼 건 미련 없이 보내고, 묻어둘 건 깊숙이 묻어두고 오자. 그러면 마음에 빈 공간이 생길 것 같아. 그곳에 우리가 좋아하는 걸 채우자. 차곡히 추억부터 쌓고, 내 차례 당신 차례 번갈아 가며 좋은 것만 그려 넣자. 그러고 나서, 비가 오고 눈이 와도 예쁜 모습 간직할 수 있도록 기억 끝을 꽁꽁 싸매자. 매듭 묶으며, 손등 손바닥 스치며 터져 나오는 간지러운 웃음을 맨 위에 씌우자. 그렇게 부드러운 파도가 밤마다 스며드는 바다를 걷자. 결국엔 못 이기는 척 사랑한다며, 늘 그랬듯이 낭만 찾으러, 우리 바다 보러 가자.

이제 조금 알 것 같습니다

내가 당신을 사랑만 하고 싶다고 해서, 당신도 나를 사랑만 할 수 있는 건 아니겠지요. 하루는 누군가의 모진 말에 마음 아프고, 억울한 마음에 눈물 흘리고, 모든 일을 다 끝내고 집에 돌아와도 한숨만 나오는 그런 날이 있을 것입니다. 마음처럼 흘러가지 않는 게 세상일이니까요. 당신에게서 멀리 떨어져 있어, 덥게 데워둔 몸으로 안아줄 수 없다는 사실이 안타까워 애타는 마음은 어찌 표현할까요. 내가 당신을 사랑하는 마음 이 세상에 다 그려내지 못하듯, 당신을 향해 내달리기 시작한 그리움을 밤새 끊어내지 못합니다.

날카롭고 무심한 세상입니다. 톱니바퀴 돌아가듯 우

리와 잘 맞는 사람하고만 알고 지내기는 어려운 세상입니다. 걸리적거리는 사람은 선 밖으로 밀어내고 살아가면 그만이라고 생각할 수 있지만, 그것이 쉽지만은 않은 걸 나도, 당신도 알고 있지요. 그래서 나는 당신에게 자주 사랑한다고 말합니다. 당신이 내게 무언가 필요한 것이 있냐고 물으면, 사랑이라고 답합니다. 이 세상에는 사랑이 한참 부족하니까요.

사랑이란 마음이 어떤 모양인지는 알지 못합니다. 단지 내가 당신을 사랑하는 모습이 이렇다는 것만은 이야기할 수 있습니다. 세상에 지쳐 당신이 쓰러지듯 잠든 밤, 혹여나 깨어날까 조심히 사각사각 소리마저 꾹꾹 눌러가며 내 마음을 담아 써냅니다. 넘치는 사랑을 자꾸만 주워 담습니다. 잠에서 깨어난 당신 모습을 생각하며, 당신을 힘들게 한 모든 일을 어제로 조금 밀어둔 당신의 한결 개운해진 얼굴을 생각하며, 내 마음의 조각을 이어 붙입니다.

사랑합니다. 당신을 생각하며 쓴 이 편지를 곱게 쥐어 당신께 건넵니다. 우리 사랑만 하며 살 수는 없지만, 당신께 사랑만 속삭이며 살고 싶습니다. 사랑이 무엇인지 나는 이제 조금 알 것 같습니다.

고마운 사람, 사랑

고마워요. 그냥 모든 게요. 당신 말 한마디에 걸려서 넘어지고 사랑에 빠졌지만, 금방 손잡아줘서요. 사랑을 다 털어내지 못해 얼굴이 붉었을 텐데, 아무 말 없이 꼭 안아줘서요. 어깨만 가볍게 잡는 게 아니라, 등부터 옆구리까지 가득 품고 가슴을 내어줘서요. 따듯했어요. 그래서 좋았고요. 사랑해도 괜찮을 것 같았어요. 그 생각은 지금도 다르지 않아요. 사랑해요, 고마운 사람. 행복해요, 고마운 사랑.

포갠 손을 놓지 않기

많이 사랑하고 싶다. '자주'가 아닌 '깊게', 빨갛다 못해 새까만 사랑을. 서로 닮아가다 못해, 하나가 되어버리는 겨울 같은 사랑을. 밤하늘에 하얀 표정을 지으며 사랑하며 살고 싶다. 그 하루들을 위해 필요한 게 무엇일지 생각해봤는데, 그건 포개어놓은 손을 놓지 않는 것. 힘들고, 아픈 시간도 분명 있겠지만, 깍지 낀 손을 예고 없이 놓지 않는 것이다.

그렇게 살다가, 나중에 우리, 굽은 세월을 펴고 주름진 손가락 마디 살피며 사랑을 읽고 싶다. 그때부터 지금까지 참 많이도 사랑했다며, 세상에서 가장 부드러운 미소로 서로를 바라보고 싶다. 지금부터 약속해도 좋다. 고슬고슬한 우리 약속은 따듯하게 익어갈 거고, 가을 지나 겨울쯤엔 우릴 하얗게 배 불릴 테니 말이다.

나는, 그런 사랑을 바란다.

2부

마음을 담는 그릇

맨 아래에 김 그 위에 김이 나는 따듯한 밥. 또 그 위에는 당신이 좋아하는 것을, 그래도 하나쯤은 몸에 좋은 것도, 눈에 띄지 않는 곳에 꼭꼭 숨겨서.

마음을 담기에 가장 적당한 건 도시락이 아닐까 생각해본다. 당신 하루가 따듯하길 바라며, 굶지 않고 든든하길 바라며, 맛은 물론이고 건강도 챙겼으면 하는, 그런 마음이 참으로 꾸밈없는 사랑이지 않을까. 그 마음 새지 않게, 따듯함도 잃지 않게, 도시락과 도시락 가방, 그것도 모자라 비닐봉지까지 겹겹이 둘러낸 것이 꾸밈없는 사랑이지 않을까. 그 사랑이 혹여나 무거우면 어쩌지 걱정하는 마음에도, 도시락 빈칸에 한술 더 눌러 넣은 마음이 빈틈없는 사랑이지 않을까.

우리는 그런 도시락을 너무 가벼이 여기며 살아온 건 아닐까. 따듯한 마음을 쌀쌀한 곳에 내다 두고, 채 품어내지 못한 건 아닐까. 가까이 있는 것을 느끼지 못하고, 애먼 데서 사랑을 두리번거린 건 아닐까. 양이 적은 사람도 이상하게 도시락은 남김없이 비워내던 이유를, 이제야 알게 된 건 아닐까. 다 식은 도시락도 잘 씹어 넘기던 우린, 어쩌면 조금 늦은 건 아닐까.

아빠

아빠. 아버지라고 쓸까 잠시 고민하다 그냥 아빠라고 적습니다. 지금도 당신이 현관문을 열고 들어오면 쪼르르 달려 나가 부둥켜안고 인사하는 아들이니 아빠라고 하는 것이 더 어울리겠지요.

내가 고등학교 다닐 때, 그쯤 아빠는 1년에서 1년 반 정도 아주 아프셨지요. 그전에는 아무 말씀 하지 않으셨으니, 어쩌면 내가 아는 것보다 훨씬 더 오래 아프셨을 수도 있겠고요. 동네 병원부터 시작해 한의원, 대학병원 등 가보지 않은 병원이 없었지만, 한참 동안 머리가 아픈 원인을 알 수 없었습니다. 식사 도중에 드시는 음식을 게워내시기도 여러 번, 그때는 제대로 된 가족 식사도 몇 번 없었고, 그런 식탁에 놓인 숟가락은 또 얼마나 무거웠는지, 밥만 먹고 나면 손가락부터 어깨까지 온 팔이 저려오곤 했습니다. 오른손잡이여서 밥을 먹을 땐 오른손만 움직였는데도, 왼팔에마저 아무런 힘이 들어가지 않았던 것은, 아무 일 없게 해달라고 밥 먹는 내내 마음으로 두 손 모아 빌어냈기 때문이겠지요. 밥을 꼭꼭 씹어내는 것만으로도 너무 힘들어서, 나는 가만히 앉아 밥을 먹는 것밖에, 그것밖에 하지 못했습니다. 그때 내가 살던 집은 그랬고, 그래야만 할 것 같았고, 그렇게 할 수밖에 없었습니다.

몇 년이나 지났다고, 그때를 생각하면 나는 참 어렸던 것 같습니다. 어렸지만 알기도 많이 알고, 모르기도 많이 몰랐습니다. 아빠가 큰 수술을 해야 한다는 건 알고 있었지만 모르는 척을 했고, 어떤 이유로 수술해야 하는지는 몰랐기에 걱정스러운 표정을 지으며 모르는 척을 할 수 없었습니다. 중환자실엔 말 그대로, 내일을 간절히 바라는 환자들이 누워 있는 걸 알았지만, 누워 계신 분들 표정이 아주 간절한 게 보였지만, 그분들 사이에서 웃고 계신 아빠를 애써 모르는 척했고, 도대체 무슨 이유로 아빠가 여기 누워 계신지를 몰라서, 모르는 척을 할 수 없었습니다. 밥을 먹으며 아무 말도 못했던 것처럼, 나는 그 자리에서 아무런 말도 입 밖으로 꺼낼 수 없었습니다. 식사 시간보다 훨씬 짧은, 단 몇 분만 중환자실에 가만히 서 있었을 뿐인데도, 나는 온몸이 저려서 아무것도 할 수 없었습니다.

'다행히'가 아닌 '당연히' 아빠는 지금 괜찮습니다. 그때 머리를 빡빡 밀어서 숱이 없는 거란 말씀에, 나는 사실 진짜 이유를 잘 알면서도 모르는 척을 합니다. 겨울엔 늘 모자 챙기셨냐 물으며, 아주 모르는 척을 합니다.

이제 나는 어린 나이가 아닙니다. 혹자는 아직 젊다고 하지만, 그렇다고 어린 건 절대 아니지요. 때문에, 집안일들을 알기만 하고 모르는 것은 없었으면 합니다. 우리 집 식탁에 숟가락이 다시 무거워지면, 그 이유를 단번에 알 수 있는 아들이 되고 싶습니다. 무거워질수록 더 힘낼 수 있는 든든한 사람이 되고 싶습니다. 그러기 위해 이런저런 일을 벌이고, 수습하며, 하루들을 살아갑니다.

식탁 위의 숟가락은 눈에 보이지 않는 실로 연결되어 있다고 생각합니다. 그래서 같이 식사하며 마주한 사람의 힘듦을 나눠 가질 수 있는 것이지요. 힘들어 보이는 사람에게 "식사는 하셨냐"고, 가족끼리 괜히 "밥은 먹고 다니느냐"고 묻는 이유가 그러합니다. 만약 당신 옆에 앉은 사람이 들어 올리는 숟가락의 무게를 잘 모르겠다면, 그냥 모르는 척 같이 들어주세요. 알면서 모르는 척하는 건, 꽤 힘이 되니까요. 누군가는 지금껏 당신 곁에서 늘 그래왔을 테니까요. 나도 묵묵히 당신 곁에서 숟가락을 들어 올리겠습니다.

손이 시릴 땐

시린 손을 가장 빠르게 녹이는 방법은
다른 사람 손과 하나로 포개는 것이다.

사람은 모두 다르다며
서로 다른 점을 찾으며
소리 높이는 세상이지만

우리가 함께 살아가는 곳이기에
서로를 마주할 시간이 필요하다.

손이 시리고
마음이 차가운

때는 더더욱.

매미가 자꾸만 운다

치익, 하고 밥이 다 되었음을 알리는 밥솥 소리가 이렇게 그리울 줄은 몰랐다. 칙칙폭폭 기차 소리도, 밥솥 봉우리에서 쏟아져 나오는 밥 연기도 그렇다. 나는 한쪽 귀가 잘 들리지 않아서, 오른 귀를 베개에 대고 누우면 나만의 세상 소리를 만들 수 있는데, 새벽 매미 우는 소리는 자꾸만 밥솥에서 김이 빠지는 소리가 된다. 어렸을 때 아버지께선 늘 일찍 출근하셨고, 밥솥은 새벽과 아침 사이에 항상 심술을 부렸다. 시간이 같다고 매미 울음소리도 밥솥 소리가 되는 걸까. 이유는 아무렴, 자취방 냉장고엔 먹을 것 하나 없고, 식탁에 앉아 김부각을 씹으며 동네 단골 식당 문 여는 시간을 기다리자니, 그 소리가 참 그립다.

내일모레 아침이면 그 그리움을 만난다. 내일 밤 기차를 타고 고향에 가는데, 배를 아주 쫄쫄 굶고 가려 한다. 집에 도착하면 뭐라도 하나 멕이려 하시겠지만, 새벽 한 시 즈음일 테니 어서 잠을 청하고 아침을 먹어야지. 반찬 개수가 중요할까. 찌개나 간단한 반찬은 내가 만들면 되니, 김 피어오르는 밥 한 숟갈이면 그동안의 그리움이 와르르 무너질 것인데. 그제 엄마랑 통화할 때, 먹고 싶은 게 있냐고 물으셨으니, 갈비찜이랑 밥 두 공기는 뚝딱할 것이다. 그러면 어찌 그리움이 무너지지 않고 버틸까.

밥상머리 교육 같은 것은 상식선에서만 지키면 된다 생각하기에 잘 모르겠고, 이제는 밥상 추억이 더 소중한 게 아닐까 생각한다.

밥상이 그리운 건 꽤 낭만적이지 않은가. 이번 일주일간 함께할 밥상도 꽤 기억에 남을 것이니, 추억이라 말하기에 손색없다.

어느 동물은 삶이 끝날 때가 되면 고향으로 간다 했다. 왜 그런지 이유는 모르겠지만, 사람은 밥 먹던 곳을 찾는다. 나고 자란 곳 그리고 밥을 먹던 곳. 상다리가 휘어지게 차려진 밥상 위로 젓가락이 이리저리 바쁜 곳이든, 조촐할지라도 함께함으로써 든든히 배 불리던 곳이든, 가리지 않고 그곳을 찾는다. 사람마다 조금씩 다르고, 생각도 다르겠지만 나는 두세 달에 한 번은 꼭 밥상을 찾는다. 그리움이 나를 무너뜨리기 전에 먼저 그리움을 무너뜨리러.

해가 높이 뜨고 아침은 물러가지만, 매미는 자꾸만 운다. 그리움이 오늘 하루에도 맴맴 울려 퍼진다.

당신이 좋아하는

이제 늦은 밤이면
가을 냄새를 옅게 맡을 수 있습니다.

꽃이나 나무는 여물 것이고,
근심하던 것들은 바싹 말라 가벼워지겠지요.

사색하기 좋은 계절이 오는 것입니다.
깊이 묻는 물음에 답하기 좋은 계절이요.

당신이 좋아하는, 가을입니다.

가장 듣고 싶은 말

가장 듣고 싶은 말은 무엇인가요. 나는 "괜찮아", "잘하고 있어" 같은 뻔하고 뻔한 말을 듣고 싶습니다. 낭만과 감성이 오글거림과 칭얼거림이 된 뾰족한 세상에서, 부드럽고 둥그런 말을 귓바퀴에 가득 담아내고 싶습니다. 현재, 현실을 살아가려면 순간 달콤하기만 한 말이 아닌, 현실적인 이야기를 듣고 판단하고 반성하는 것이 중요하다는 것은 잘 알고 있습니다. 하지만 내가 자존감 높고 긍정적이고 강한 사람이라는 것을 스스로 잘 알고 있음에도 아주 힘든 하루에는 "수고했다"라는 한마디가 몹시 그리워지는 건 왜일까요. 몸에 좋지만 써서 먹기 싫은 약도 달콤한 사탕이 있으면 한결 수월하게 삼킬 수 있는 것처럼 너무나 써서 도망가고 싶은 하루도 달콤한 위로가 있다면 그나마 견디기 수월해지는 것 아닐까요. 그런 이유로 부드럽고, 둥그렇고, 단 말들을 찾아 헤매는 것 아닐까요.

어쩌면 우리는 가장 바라는 것을 가장 깊숙한 곳에 숨기고 살아가는지도 모릅니다. 약해 보일까 봐, 말이 되어 나오는 순간 진짜로 약해져 버릴까 봐 꺼내고 싶어도 꺼내지 못하는 것이겠지요. 그리고 가장 깊숙한 곳에 숨긴 그것이 진짜 내가 바라는 것임을 모른 채, 살아가는지도 모릅니다. 그렇게 되기 전에 들려주세요. 나는 당신이 듣고 싶어 하는 말을 전해드리겠습니다. 우리 그렇게 쓰디쓴 세상을 견디며 살아가 봐요.

안아주세요

아무 말 없이 그냥 안아주세요. 나 말고 당신이요. 고민과 걱정으로 가득한 당신이요. 힘들었던 만큼. 앞으로도 힘든 일이 많을 테니까, 지금은 아무 말 없이 그냥 안아주세요. 지금 마음이 무엇인지 잘 몰라도 괜찮으니, 천천히 다가가 안아주세요. 한숨도 푹 내쉬고, 눈물도 툭 흘리고, 두 손까지 깍지 껴 꾹 안아주세요.

일단 먹고 나서 생각해

있잖아, 어떤 음식을 먹을지 고를 때만큼 인간이 철학적일 때가 있을까. 음식을 기다릴 때는 왜 말수가 줄어드는 걸까. 그냥 음식을 시켰을 뿐인데 말이야. 스파게티를 먹든, 고기를 먹든, 냉면을 먹든, 돈가스를 먹든 "밥 먹자"라고 밥으로 통일해서 말하는 이유는 뭘까. 밥 먹기 전에는 왜 이런 쓸데없는 생각이 나는 걸까. 약간 신이 나서 그럴까.

그래, 밥 먹으면서, 밥 먹을 땐 일 얘기하지 말자는 말이 나는 좋더라. 싫은 얘기, 힘든 얘기, 무거운 얘기, 머리를 가득 채운 고민들은 치워두고, 먹을 때는 그러는 거 아니라며, 식탁에는 먹기 위한 것들만 놓였으니, 먹는 데 집중하란 말이 참 좋더라.

그러니까, 자기야, 일단 먹고 나서 생각하자.

빨래

생각이 많을수록 어떤 이야기부터 해야 할지 고민이 많아집니다. 이 이야기를 꺼내려면 저 이야기도 꺼내야 할 것 같고, 이것을 이해시키려면 저것부터 이해시켜야 할 것 같고, 말의 물꼬를 트기가 참으로 어렵습니다. 그렇게 말할 거리들이 쌓여가다 보면, 마음은 오래 밀린 빨래처럼 꿉꿉하고 답답해집니다.

간단한 것도 복잡하게 생각하는 성격 탓에, 해야 할 이야기를 꾹꾹 담아두곤 했습니다. 툭 하고 꺼내놓으면 될 것을, 한참이고 속에다 담아둔 채 마음을 무겁게 했습니다. "화장실에 가고 싶어요", "당신 말에 기분이 나빠요", "우리 그만 만났으면 좋겠어요" 같은 문장들이 먼저 떠오릅니다.

다행히도 지금은 해결법을 찾았습니다. 그것은 생각보다 간단했습니다. 빨래를 미리 해두면 되는 것처럼, 생각거리가 생기면 누구든지 붙잡아 얘기하는 겁니다. 친하든 안 친하든 눈에 띄는 사람에게 말입니다. 들어줄 사람이 없거나 그래도 나만 알았으면 하는 비밀 같은 건 일기장에 써두었습니다. 일기가 좀 거창하게 느껴질 땐 집에 돌아다니는 아무 메모지에나 써두었고요. 핸드폰 메모장도 자주 활용했습니다. 방법이 어찌 되었든, 마음이 아닌 다른 곳에 어떻게든 꺼내어 두었습니다. 지금까지는 그것을 유일한 방법으로 알고, 살고 있습니다.

당신 삶에 적용하시겠다면, 한 가지 유용한 팁을 드리겠습니다. 흰 빨래는 따로 구분하듯이, 생각도 결에 따라 나누는 겁니다. 서로 물들지 않고 깨끗하게 꺼내어 놓을 수 있게 말입니다. 그렇게 펑펑 털어내 빠짝 가볍게 말리면, 마음도 조금은 가벼워집니다. 시간이 좀 걸리겠지만, 어느새 뽀송해지는 빨래들처럼 당신 마음도 그러하길 바랍니다. 생각들이 조금은 정리되었으면 합니다.

둥글게 둥글게

창문을 열면 아빠와 아들이 배드민턴 치는 소리가 들린다. "탕, 탕, 아이쿠, 탕, 탕, 오예." 그들의 숨소리와 말소리 그리고 감탄을 은밀히 엿듣는 기분은 여지없이 따듯하다. 저녁 6시, 골목길, 배드민턴, 아빠와 아들, 무엇 하나 어색한 구성이 없다. 규칙 없이 새어 나오는 웃음소리도 구석구석 하모니를 이룬다. 글을 쓸 때면 청각이 예민해져, 작은 소리에도 집중이 깨져버리는데. 그들이 건네는 소리는 이리도 반가운지. 사람 사는 냄새가 방 안을 맴돈다. 가벼운 포물선을 그리는 셔틀콕이, 내 얼굴에도 비슷한 모양으로 미소를 그린다. 마침 하늘에 뜬 태양도 비슷한 모양으로 저녁을 그린다. 사람 덕분에 오늘은 둥그런 하루다. 나도 누군가에게 둥그런 것이 될 수 있을까. 아무튼, 마음도 조금은 둥그레진 느낌이다.

어른이란

책임감이란 무게가 무겁게 느껴질수록 어른이 되어가는 걸까. 그렇다면 나는 지금 꽤 어른이 된 걸까. 책임감이란 무게가 이렇게 무거울 줄은 몰랐다. 만약 여기서 더 무거워질 거라면, 아버지와 어머니는 어깨가 얼마나 뭉쳤을까. 그래서 요즘은 일주일에 서너 번 번갈아 가며 전화를 드린다. 아들 서울에서 잘 살고 있다고, 이제 혼자서 다 할 수 있으니까 아무 걱정 말라고, 수화기 너머로 보이지 않는 어깨를 주무르려 애쓴다. 가늠할 수 없는 무게를 덜어내려 한 마디라도 더 건넨다. 전화를 끊고 나면 알 수 없는 외로움이 찾아오는데, 텔레비전을 켜고 서둘러 저녁밥을 넘긴다. 그러곤 설거지를 하며, 다음 주엔 부산에 한번 가야지, 천천히 그리고 같이 저녁밥을 먹어야지, 달그락달그락 마음을 곱씹는다.

전북 군산시 구영2길

우연히 마주하는 것에는

반가움이 마중을 갑니다.

전주, 골목길

전주, 어느 한 골목길, 라면집에서 벽에 매달린 메모지들을 구경하고 있었다. 삐뚤빼뚤한 글씨들과 한 가지 색깔로 그려진 각자의 그림들…. 그중에서 한 문장이 내 마음을 잡아끌었다.

매운 것을 잘 먹개 해주세요.

맞춤법을 보아하니 어린아이가 썼을 테고, 누군가 소원을 적으라 했겠지. 배고픔과 속상함과 용기가 가득 담긴 순수함에 지그시 미소를 건넸다. 그 소원 분명 이루어질 거라고, 이미 이루어졌을지도 모르겠다고, 지금은 내가 대신 먹겠다고, 마음으로 답장을 쓴 뒤에 조금 맵고 뜨끈한 라면에 젓가락을 넣어 휘저었다.

어릴 때 내 소원이 무엇이었는지 지금은 기억나지 않는다. 나도 모르는 새 이미 이룬 것일까. 그때 내 순수함에는 어떤 마음이 담겨 있었을까. 답장을 보낸 사람은 있었을까.

아, 짧게라도 답장을 쓰고 올 걸 그랬다.

그 마음 참 고맙다고.

요 며칠 너무 힘들었다면

버스에 뒷문으로 타서 앞문으로 내린다거나, 통닭집에 가서 양념치킨만 다섯 마리를 주문하는 것처럼 조금은 유치하고 얄미운 일을 상상해보자. 물론 주변 사람들에게 폐를 끼치면 안 되니까 텅 빈 버스에서, 남은 양념치킨은 모두 포장해 오는 방식으로. 이렇게 열심히 상상하다 보면 하나 실제로 해봄직한 일이 떠오를 텐데, "까짓것!"이라고 외치며 직접 실천도 해보자.

나는 아주 힘든 어느 날, 계획 없이 대구로 당일치기 여행을 떠난 적이 있다. 일찌감치 무궁화호를 타고 대구에 도착해서 아침으로 돈가스를 먹고, 점심으로 돈가스를 먹고, 저녁으로 돈가스를 먹은 뒤 집에 돌아왔다. 그게 대체 뭐냐고 비웃을 수도 있지만, 상상이 현실이 되었을 때, 유치하고 어이없고 의미 없는 상상이 현실이 되었을 때, 그것이 얼마나 큰 위로가 되는지, 그것이 얼마나 자상한 일인지 절실히 깨달았다.

그러니 요 며칠 너무 힘들었다면, 유치한 상상을 해봐도 좋다. 자고 일어나면 나를 힘들게 한 일이 다 사라질 거라는, 예전부터 나를 괴롭히던 고민이 다 사라질 거라는, 일어날지 말지도 모르는 걱정이 모두 다 사라질 거라는, 조금은 유치하고 자상한 상상을 말이다.

하늘과 구름과 글과 마음

요즘은 하늘이 참 예쁘다. 그림 같다는 말이 이런 것일까. 어제는 창문 밖으로 그려진 하늘과 구름을 사진 찍어 친구에게 보냈다. 친구도 예쁘다고는 하는데, 기대만큼의 반응은 아니어서 사진을 다시 살펴보니, 눈으로 보는 것만큼은 사진이 담아내지 못했다. 눈으로 볼 때는 마음이 울렸는데, 사진은 그저 예쁘기만 하달까.

아무리 당신을 글에다 써내어도, 내 마음 모두 담아내지 못하는 것과 비슷하겠다. 생각해보면 하루들에 겹겹이 쌓인 감정을 한 장에 써내는 것이 욕심이거늘. 하늘에 심고 피어난 구름처럼, 마음을 뭉게뭉게 조물거리며 당신께 전할 연습을 한다.

바나나

살다 보면 평생 잊을 수 없는 말이 있습니다. 보통은 가족 또는 연인과 주고받은 말들이 그러한데, 가끔은 스쳐 가는 인연이 툭 내뱉은 말이 깊은 여운을 남기기도 합니다.
대학교 기숙사에서 생활할 때 있었던 일입니다. 이유는 정확히 기억나지 않지만, 아마 이런저런 점검 때문이었을 겁니다. 아버지뻘 되시는 기사님께서 방에 들어오셨고, 볼일을 모두 보고 나가시기 전, 내가 장 봐 온 봉투를 흘끗 보시더니 조심스레 말씀하셨습니다.

"학생, 바나나는 냉장고에 넣으면 안 돼요."

'안녕히 가세요' 같은 평범한 인사말을 준비하고 있던 참에, 뜻밖의 말씀을 듣고는 어떤 답을 드려야 하나 잠시 고민했습니다. 그러자 기사님께서 "내가 사정상 집안일도 하고 있어요. 그래서 남자지만 이런 것도 잘 알지"라고 이어서 말씀하셨습니다. 내가 당신 아들 또래라서 한마디 건넸다고, 바나나 맛있게 먹으라고 하시고는 벗어놓은 신발을 신으셨습니다.

멍하니 서서 뭐라고 대답해야 하나 내내 고민만 하던 나는 뒤늦게 퍼뜩 정신을 차리고는 바쁜 걸음을 옮기시는 기사님을 붙잡고 바나나 한 쪽을 떼어내 건넸습니다. 서울에 올라온 지 채 한 달도 안 됐을 무렵, 낯선 타지에 와서 들었던 말 중 가장 따듯하고 든든한 말이었기 때문이었습니다. 기사님은 한창 잘 먹을 나이이니 학생이나 많이 먹으라며 한사코 사양하시고는 서둘러 걸음을 옮기셨습니다. 대신 작은 미소를 남겨두시고요.

이제는 그분 얼굴도 잘 기억나지 않지만, 바나나는 상온에 보관해야 한다는 삶의 지혜와 따듯한 말씀은 여전히 마음에 남아 있습니다. 바나나는 그날 내 허기를 채웠고, 그분 말씀은 지금껏 마음속 어딘가를 꽉 채운 채 함께 살고 있습니다.

짧은 말마디라고 금방 잊히는 게 아니기에, 스쳐 지나간 인연이라고 쉽게 잊히는 게 아니기에, 나는 지금도 누군가와 대화할 때면 종종 바나나를 떠올립니다. 내가 건넨 말이 어쩌면 누군가의 마음에 평생 남을 수도 있겠다는 생각을 하며, 따듯함과 든든함을 담은 말을 건네려 노력합니다. 내가 떠난 자리에도 미소가 남길 작게나마 바라면서.

미소가 서툰 사람

밝은 인상을 갖고 싶으면 평소에 미소 짓는 습관을 가지라고 말합니다. 원하는 것을 갖기 위해 먼저 또 다른 것을 가져야 한다는 게 내게는 조금 어렵게 다가옵니다. 미소 짓는 게 서툰 사람이라 이런 생각이 드는 걸까요. 괜히 입꼬리를 올려보지만, 내 미소는 눈물샘만 툭 건드리고 맙니다. 울음을 쏟아내고서야 밝은 인상을 가질 수 있는 걸까요. 이렇게 흐려지는 시야로는 무엇도 볼 수 없는데, 나는 당신들에게 어떤 모습으로 보일까요.

밝은 사람일수록 마음은 망가져 있을 거란 말을 이해합니다. 부러움과 측은함을 동시에 느낀다면 그건 오만일까요. 이런 생각을 가짐으로써 밝은 인상은 갖지 못하게 되는 걸까요. 힘든 하루를 살고 있습니다. 이제는 내일이 무섭게 느껴지기도 합니다. 억지로 미소 지으며 괜찮을 거라 말하기엔, 나조차 대책을 떠올리지 못합니다. 삶의 일부가 내 삶 전체를 점점 더 울먹이게 하고 있습니다.

그러면 반대로 어두워 보이는 사람의 마음은 밝은 걸까요. 아마 아니겠지요. 그러면 우리는 모두 마음이 망가져 있는 걸까요. 입꼬리를 올려보아도 그렁 눈물이 맺히는 것은 나만이 아닌 걸까요. 다들 마음에 마르지 않는 우물을 짊어진 채 살고 있겠습니다.

걱정 화분

불안함이 피어나면 한 움큼 물을 주는 당신이다. 하지만 세상은 그 화분보다 훨씬 넓다고 말해주고 싶다. 작은 화분에 자신을 가두지 않아도 된다고. 또 다른 화분엔 행복이든 기쁨이든 좋은 것들이, 아름다운 것들이 피어날 거라고. 세상은 깊은 숲과 같다. 물론 울창한 하루들이 뒤엉킨 모습을 보면서 미래가 분명하지 않다고 느낄 수도 있다. 하지만 확실한 건 화분에 피어난 불안함은 단 며칠만 간다는 것. 불안 말고도 애쓰고 피워낼 것이 참 많다는 것이다.

불안함을 느끼는 건 인간으로서 당연하다. 특별하거나 유별난 일이 아니기에 반성하거나 자책할 일도 아니다. 다만 이것 하나만 기억했으면 한다. 당신은 참 커다란 사람이기에 넓은 숲이 어울린다는 것. 작디작은 불안함을 뽑아내거나 덮어버리려 애써 노력하기보단 화분에 가만히 두어도 된다는 것. 물을 주지 않고, 햇빛을 비춰주지 않으면, 즉 당신이 아무런 관심을 갖지 않으면, 어쩌면 쉽게 사라져버릴 수도 있다는 것 말이다.

불안함은 작은 화분에서만 살게 하자. 적당한 만큼의 불안은 나를 긴장시키고 조심성을 키워 큰 위험에서 구해주기도 하니까. 그저 그것을 마당에 옮겨 심어 크고 단단하게 키우다 종내에는 숲으로 만들지만 않으면 된다.

불안함에 쏟아낼 힘을 당신 걸음에 보태길. 저벅이는 당신 걸음들이 근사한 흔적을 남겼으면 한다.

사람 마음이 제일 어렵지

사람 마음, 어렵지. 어제는 그랬으면서 오늘은 이렇고, 내일은 또 어떨지 모르는 게 사람 마음이니까. 그래서 사랑이 가장 어려운 거야. 둘 마음이 같아야 하거든. 똑같진 않더라도 비슷은 해야 하거든. 꼭 남녀 사이의 이야기는 아니야. 부모를 사랑하고, 자녀를 사랑하고, 친구를 사랑하고, 우리는 사람을 사랑하잖아. 그래서 사람 마음이 어려운 거야. 사이사이에 각자의 사정이 있거든. 내 마음도 어제는 그랬지만 오늘은 이렇고, 내일은 또 어떨지 모르거든. 내 마음을 모르고, 당신 마음도 모르고. 그러니 어찌 어렵지 않겠어. 그런데 참 웃긴 건, 그럼에도 사람 마음을 알고 싶다는 거야. 사람 마음 다 알 수 없다는 거 아는데, 어쩌면 또 상처받고 다칠 수도 있는데, 내 마음부터 꺼내 보여야 하는데도, 괜찮은 거 있지. 이래서 사람 마음이 참 어려운 거야.

세상에 믿을 사람 하나 없다지만

사람을 잘 믿지 않는다. 나부터 어떤 사람인지 단정지어 말할 수 없는데, 보이는 모습만으로 어찌 사람을 판단하고 믿을까. 하지만 그런 이유로 아무도 믿지 않으며 세상을 살아갈 순 없다. 그건 살아도 사는 게 아니기 때문이다. 그래서 누군가와 대화를 나눌 때면 말의 향기를 맡는다. 너무 진해서 머리가 아픈 말이 있는 반면, 유독 은은하고 따듯한 말을 나누는 사람이 있다. 그런 사람을 간직하고 믿는 편이다. 그들은 다정함과 사랑을 건넬 줄 알기에. 그들에겐 한번 속아보겠다고, 이번에는 아주 단단히 속겠다고 다짐한다. 그러면 그 사람도 나를 간직하고 믿어주지 않을까 하는 마음으로.

이것도 삶이라면

이탈리아의 작곡자이자 영화음악가인 엔니오 모리코네를 아시나요. 이름은 몰라도 〈미션〉, 〈시네마 천국〉의 ost는 누구나 한 번쯤 들어봤을 겁니다.
그의 음악 중 내가 가장 좋아하는 것은 〈The Crisis〉입니다. 제목은 '위기'란 뜻이고요, 음악 중간중간 불안정한 음계가 나타나는 것이 특징인 곡입니다. 아프고 불안정한 부분조차 하나의 구성이 되어 아름다운 음악이 된다며, 우리 삶의 흔들리고 불안한 하루들도 아름다운 삶의 일부라고 표현하고 있지요. 음악은 잘 몰라서, 나중에 찾아보고 알게 된 사실이고요. 누구는 피아노가 우는 것처럼 들린다고도 하던데, 이걸 알고서 다시 들으면 정말 그런 것도 같습니다. 도입부는 천천히 계단을 오르는 것 같고요, 선율의 줄기가 하나씩 더해질 때마다 그간 고생했던 하루들이 따듯하게 흐려지기도 합니다. 불안하고 고민 많던 날들이 아무 의미 없는 하루는 아니었구나, 하면서요.

불안함도 삶의 일부겠지요. 지금 그런 감정이 하루 대부분을 차지하더라도, 나중에 돌아보면 그래도 살아온 하루들 중 하나에 지나지 않겠지요. 이렇게 쓰지만 사실은 나도 당장 내일의 불안함을 이겨내지 못하고 있습니다. 성격이 원래 그래서요. 아침 알람은 제대로 맞췄는지 불 끄고, 두 눈 꾹 감았다가도 두어 번 다시 확인합니다. 그동안 쓴 글의 백업 파일도 몇 개나 있습니다. 이것 말고도 불안한 것이 참 많은데, 불안함으로 남기고 싶지 않기에 이만 줄입니다.

"불안함이 찾아오면 무엇을 하세요? 어떻게 하세요?" 같은 질문을 종종 받습니다. 그럴 때마다 "맛있는 음식을 시켜 한 시간이고 두 시간이고 꼭꼭 씹어 먹어요"라고 답합니다. 특별하다면 특별한 행동일 테고, 어쩌면 나와 비슷하게 대처하는 사람도 꽤 있겠지요. 하고자 하는 말은, 각자 불안함을 다룰 방법을 찾아보자는 것입니다. 별것 아니어도 좋습니다. 향초를 피우고, 낮잠을 자는 것도 좋고, 가만히 누워서 온종일 영화든 유튜브든 들여다보는 것도 좋습니다. 음악 또한 불안함을 다스리는 좋은 약이 될 수 있겠지요. 호흡을 편안케 하는 음악을 틀어놓고 심호흡해도 좋고, 아니면 아주 시끄럽고 우당탕하는 음악 속에 묻혀 모든 걸 쏟아내도 좋겠지요. 자신이 좋아하고, 편안하다면 그것으로 되었습니다.

어쩌면 우리 삶은 늘 위기일지도 모릅니다. 하루에도 몇 번씩, 불안한 순간이 얼마나 많은지요. 그렇다 해도 다들 하루를 잘 살아내는 것처럼, 결국엔 삶 또한 잘 살아낼 것입니다. 아프고 불안정한 부분조차 하나의 구성이 되어 우리 삶을 아름답게 할 테니까요. 결국 우리 삶은 조화롭고 아름다운 한 곡의 음악이 되겠지요.

나를 돌보는 법

아픈 하루는 잘 묻어두고 잊어야 한다. 다시 꺼내 볼 생각하지 않으며 다가오는 하루를 반가이 맞이해야 한다. 그러면 슬며시 내일이 고개를 내미는데, 그때 열심히 내일과 눈을 맞춰야 한다. 그래야 세상을 마주할 수 있다. 그래야 세상을 잘 살아갈 수 있다. 우리는 상처로 살아가선 안 된다. 그다지 허기지지 않아도, 음식을 욱여넣고 속을 채워야 한다. 간질거리는 웃음을 방긋 터뜨리며 잠깐은 경계를 허물어도 좋다. 어쩌면 우리는 그 순간을 기다렸을 테니, 주어진 행복을 맘껏 누려도 괜찮다. 우리는 건강하고 행복하게 살아갈 의무가 있으니 말이다.

당장 무너질 것 같고, 울음이 가득 찬 날들이 있었다. 흉 질 건 분명하고, 이게 아물기나 할까 싶을 만큼 아픈 날들이 있었다. 믿었던 사람은 믿어선 안 될 사람이었고, 내가 편을 들어준 사람은 내 편을 들어주지 않았다. 시간이 조금 지났을 뿐인데, 혼자 남게 되었다. 결국 사건은 잘 해결되었지만, 마음엔 아픈 기억이 가득 남았다. 그때부터 많은 사람과 어울리지 못했다. 한두 명이면 족하다고, 핑계 아닌 핑계를 간절히 늘어놓곤 했다.

그 하루들을 묻는 데 오랜 시간이 필요했다. 보이지 않는다 해서 아픔이 없는 건 아니니까, 꼼꼼하게 묻어두고 잊는 데 한참이 걸렸다. 다시 꺼내 보지 않겠다며, 이제 하루를 살아가겠다며, 어찌나 눈을 크게 떴는지, 눈물이 그렁그렁했다.

지금은 잘 먹고 잘 자고 잘 쉬며 오늘 나의 행복과 건강을 챙기고 있다. 잊고 있었는데, 나에겐 가능한 한

열심히 나 자신을 돌볼 의무와 책임이 있었다. '그랬구나, 잘했어.' 매일매일 마음껏 되뇌고 있다.

생각하기 나름이겠지요

유연한 사람이 되고 싶습니다. 어떤 하루건, 어떤 사람을 만나건, 어떤 일이 생기건, 나 자신으로서 살아갈 수 있는 사람이요. 무던하고 담백한 그리고 가만히 자기 자리를 잘 지키는 사람이면 좋겠습니다. 이 모든 건 생각하기 나름이겠지요. 며칠 전 읽은 책에선, 가진 지혜만큼 행복하다 했습니다. 그렇기에 긍정적이고 바른 생각을 자주 꺼냅니다. 당신을 마주한 건 우연이면서 행운이고, 건강히 하루를 살아낸 건 운명이면서 행복이라고요. 그러면 기쁨이 차오릅니다. 그렇게 생각하려 합니다. 모든 건 생각하기 나름이니까요.

잔잔한 마음으로 잔잔한 하루를

밝은 사람의 에너지가 부러울 때도 있지만
내 안의 잔잔함도 꽤 내세울 만하다.

많은 사람에게 전해지진 않겠지만
꼭 필요한 사람에겐 깊숙이 전달되니까.

그들과 천천히 부드럽게 대화하며 하루를 산다.
적적하지만 충분히 감사한 그런 삶을 살고 있다.

외로움의 정체

외로움은 이유를 찾기가 힘든 것이다.

혼자 있다고 해서 항상 외로운 것도 아니고

함께 있다고 해서 외롭지 않은 것도 아니다.

누군가 마음을 알아줬으면 하다가도

아무도 모르게 숨어버리는 것이다.

누구에게나 어려운 일

사람들은 대부분 인간관계에 서툰 편입니다. 우리는 서로 다른 것을 틀리다 생각하고, 틀린 것은 다르다 생각하지요. 다르다 인정할 것은 그러지 못하고, 틀리다 반성할 것은 그러지 못하니 서로 부딪힐 수밖에요. 하지만 안타깝게도 우리는 살아가는 내내 그럴 것입니다. 애나 어른이나 싸우는 이유가 다 그런 것이니까요.

가까워지기 힘든 만큼, 멀어지기도 힘든 게 인간관계입니다. 누구는 요즘 말로 눈 딱 감고 '손절' 하면 되는 것 아니냐 말하는데, 그건 애초에 가까운 사이가 아니어서 가능한 것이지요. 정이 든 관계, 기억을 함께 한 관계는 하지 못해 억울한 말, 꺼진 장작에 다시 불을 지필까 괜히 긁어 부스럼을 만드는 것 아닐까 참아 내는 말이 내내 아른거립니다. 시간이 지나면 좀 누그러질까 싶지만 마음은 여전히 불편하고, 그렇다고 억지로 관계를 이어나가자니 소모되는 감정과 에너지가 만만찮습니다.

그런데요, 인간관계가 원래 그렇습니다. 아무리 좋은 사람이어도 나와 삶의 방향이 다르면 멀어지는 게 당연하지요. 오랜 시간 함께했다 하여도, 더는 서로를 마주할 일이 없으면 떠나보내야 하는 경우도 있습니다. 누군가 잘못하거나 실수하지 않았더라도 말입니다. 미련이 남고 아쉽겠지만, 세상 이치가 그렇습니다. 그렇다고 꼭 나쁘게, 아프게 헤어질 필요는 또 없지요. 천천히, 오래되어 낡은 실이 자연스럽게 끊어지듯이 그렇게 헤어지면 됩니다. 미워하지도 말고, 답답해하지도 말고, 존중하며 좋았던 기억만 가져가면 됩니다. 나이가 들수록 이런 고민이 짙어질 텐데, 그건 다른 사람들도 다 마찬가지일 것이니, 조금은 마음을 편히 먹어도 좋습니다.

눈동자에 눈물이 고이면 순간 세상이 더 선명해 보일 때가 있습니다. 헤어짐이 주는 슬픔이 가슴에 고이면 순간 내가 가야 할 세상이 더 선명히 보일 때가 있을 것입니다. 슬픔이 슬픔이기만 한 경우는 그리 많지 않으니까요.

손해가, 손해가 아니었음을

욕심부릴 때와 그러지 않아야 할 때를 구분할 줄 알아야 합니다. 물론 맞서고 싸워가며 나를 챙겨야 할 때도 있지요. 그러나 생각해보면 내 것을 내려놓았을 때 오히려 무언가를 얻은 적이 많습니다. 친구 사이에서도 그랬고, 사회생활에서도 그랬습니다.

언젠가 층간소음이 너무 심해 이사를 결심한 적이 있습니다. 글을 쓴답시고 예민하게 굴기도 했지만, 밤늦게 쿵쿵거리는 소리가 참을 수 없을 만큼 크고 오래 계속되어 큰 스트레스를 받았습니다. 그래서 부동산에 사정을 이야기하고, 계약일이 남았지만 이사를 요청했습니다. 어린 마음에 '나는 피해를 입었으니, 보상을 받아야겠다'고 생각해 법에 없는 억지를 부리기도 했습니다. 중개인께서는 "복비를 받지 않을 테니, 이 선에서 정리하자"고 하시며 억울한 마음은 알겠지만 가끔은 손해 볼 줄도 알아야 한다고 말씀하셨습니다. 그때는 내가 왜, 나만 왜 손해를 봐야 하나, 뭐가 좋다고 손해를 보나, 라고 생각해 기분이 썩 좋지 않았는데, 곱씹을수록 그 말이 납득되는 요즘입니다.

배려와 양보란 덕목은 생각보다 눈에 잘 보이나 봅니다. '그래, 내가 조금 손해 보고 말지'라는 말을 마음속 어딘가에 간직한 채 그래도 내가 감당할 수 있는 선에서 조금씩 덜 갖고, 조금 더 물러나 있었더니 그 말이 내가 어려움에 처한 순간 구원의 손길이 되곤 했습니다. 다음 달 월세와 생활비를 걱정하며 전전긍긍하던 때, 좋은 분들과 함께 일할 기회가 예상치 못한 곳에서 찾아왔던 것입니다.

한 걸음 물러나야 오히려 몇 걸음 더 나아갈 수 있는

건 아닐까요. 세상 이치와 인간 된 도리가 원래 그런 건 아닐까요. 작은 것 하나라도 더 갖겠다고, 조금도 손해 보지 않겠다고, 호구처럼 살지 않겠다고 뾰족한 눈을 하고, 뾰족한 말을 내뱉으면 사람들과의 관계 속에서는 오히려 외면당하게 되는 것 아닐까요. 작은 걸 얻겠다고 큰 것을 놓치게 되는 건 아닐까요.

그러니 우리는 채우는 만큼 비워낼 수도 있어야겠습니다. 다시 말해, 손해 볼 줄도 알아야, 그만큼 다시 채워낼 수 있는 거겠지요. 지금 당장은 손해 같아 보이더라도 시간이 지나면 다른 모습을 한 이익이 찾아올지 모르니까요. 가끔 손해 볼 줄도 알아야 한다는 말씀은 바로 이런 뜻이 아니었을까요.

마음껏 사랑을 고백하세요

낭만을 잃지 마세요. 사람을 사랑하며 살아가세요. 인생은 혼자서 살 수 없고, 물질적인 것만으로는 채울 수 없습니다. 따라서 우리는 마음을 살필 시간도 가질 줄 알아야 합니다. 세상에 외롭지 않은 사람은 없습니다. 긍정적인 감정만으로 평생을 살아가는 사람도 없습니다.

다만 내 마음속에 있는 무언가를 단단히 지키며, 부끄럽지 않게 당당히 하루하루를 보내면, 곁에 소중한 사람이 하나둘 머무릅니다. 결이 평행하고 온도가 비슷한 그들이 당신 곁을 지킬 것입니다. 그러니 마음껏 사랑을 고백하세요. 돌아보면 머뭇거린 시간들이 참 아

깝게 느껴집니다. 짧은 용기가 긴 행복이 될 것인데,

고백보다 낭만적인 게 세상에 있을까요.

이왕이면 아주 행복하면 좋겠다

사람을 너무 미워하지 않으면 좋겠다. 당신이 가진 에너지를 당신 자신에게 쓰면 좋겠다는 말이다. 어찌 됐든 우리는 하루를 살아야 하고, 당장 내일이 기다리고 있지 않은가. 그러니 미운 사람 떠올리며 복기하듯 답답한 마음 꺼내지 말고, 새롭다 생각하며 오늘을 상쾌히 보내기로 다짐하자. 나는 우리가 이왕이면 아주 좋은 날들을 보냈으면 한다. 좋은 사람을 만나고, 좋은 음식을 먹고, 좋은 날씨에 좋은 걸음을 더해서, '좋아요'란 단어가 입술에 가득한 날을. 미움보단 사랑을 입고, 미간을 찌푸리기보단 눈을 크게 뜨자. 그렇게 따라 올라오는 입꼬리를 마음껏 반기자. 나는 우리가 이왕이면 아주 행복한 날들을 보냈으면 좋겠다.

언제나 나는 당신 편

이것이 당신의 문제를 해결해주진 않겠지만, 나는 언제나 당신 편이다. 아무 말 없이 가만히 들어주는 사람이 있는 것만으로도 얼마나 힘이 되는지 당신에게 알려주고 싶다. 혼자 속으로 몇 번이나 곱씹어야 했던 이야기를, 누군가가 단 한 번만이라도 들어준다면 그게 얼마나 힘이 되는지 당신에게 알려주고 싶다. 한 번으로는 부족하겠지만 나는 언제나 당신 편일 테니, 마음이 조금은 편안해지지 않나. 꽤 든든하지 않나.

아무튼, 나는 언제나 당신 편.

고민 많으시겠지만

여느 때처럼 이 평범한 하루도 끝이 보입니다. 그리고 이 하루는 나중에 뒤돌아보면 그저 잔잔한 물결이거나 고요한 물음일 뿐이겠지요. 아무런 대답도 필요치 않은 물음이요. 요즘은 그 모든 물음에 답하지 않아도 됨을 깨닫는 중입니다. 무례하고 불친절한 물음엔 침묵으로 상대해도 된다는 것도요. 아무리 고민해도 답을 못 찾는 물음은 그대로 비워놔도 된다는 것을 말입니다. 모든 말에 다 귀 기울이고 다 품어서 다 답을 내려 하다 보니 이것저것 놓치곤 했습니다. 가끔은 와르르 무너지기도 했고요.

오늘도 여느 때처럼 이런저런 고민이 떠오르는 날이

겠지만, 그 고민을 다 붙잡고 있기보다는 한두 개쯤 흐르는 시간에 두둥실 떠내려 보내셔도 좋습니다. 그렇게 하셔도 아주 괜찮습니다. 그렇게 한다고 세상이 와르르 무너지지도 않고, 그렇게 해야 내가 와르르 무너지지도 않더라고요.

수고하셨습니다

7초 전, 아직은 미소 짓기 이른 시간. 풀었던 단추를 다시 채웁니다. 위에서 아래로 매무새를 정리하고, 너무 빳빳한가 싶은 생각에 몇 주먹 옷을 구깁니다. 살면서 눈 감은 횟수를 세어온 사람은 없을 것인데, 눈을 감았다 뜨는 것이 어색해 나도 모르게 수를 셉니다.

5초 전, 표정을 만들 준비를 합니다. 분명 거울을 보면서 단추를 풀었는데, 무슨 생각을 하다가 지금 나는 다시 단추를 채웠을까요. 막상 시키면 잘 못 하듯이, 웃으라는 말에 어색함만 내비칩니다. 눈과 입이 어색한 탓인지, 코가 괜히 간지럽습니다.

3초 전, 이제 고칠 수는 없습니다. 고칠 것은 없다고 생각하는 것이 마음 편할 듯합니다. 소심하게 들려오는 웃음소리는 괜히 마음을 어지럽힙니다. 눈에다 힘을 주고 입꼬리를 올립니다. 어딘가 방법이 잘못된 것 같지만, 이제 고칠 수는 없습니다.

1초 전, 생각보다 마음은 편안합니다. 지어낸 표정에 썩 자신은 없지만 속으로는 결과물을 기대해봅니다. 아까 전부터, 아니, 몇 초 전부터 이런 마음이었다면 지금 내 표정은 어떻게 달라졌을까 궁금합니다. 마음을 편안히 하는 연습을 진작 할 걸 그랬습니다.

찰칵, 수고하셨습니다.

3부

길

삶에 정답이 없단 걸 깨달은 순간,

내 하루에 길이 보이기 시작했다.

얼루룩덜루룩한 세상

당신은 밭에 심은 무 같아요. 한국 사람이 좋아하는 채소라고 하면 손가락에 꼽는 그 무요. 요리를 하면 맑고 투명해지는데, 그게 없으면 또 그 맛이 얼마나 섭섭한지요. 무로 죽을 끓여 한 그릇 먹고 나면 속이 편하고, 찌개에 들어간 것은 적당한 식감이 식사를 기쁘게 하죠. 날것으로 샐러드에 넣으면 아삭아삭 시원하면서도 단, 낯선 맛을 선물하고요, 볶은 건 그 향이 무겁고 따듯합니다. 굽기도 하는데, 전으로 설명하면 이해하기 쉬울까요. 겉을 바삭하게 구워 수분을 감추는 것이 여간 어렵지 않지만 솜씨 좋은 곳에선 사람들이 꼭 찾는 음식이죠. 조림에는 특히 빠질 수 없고요. 김치나 장아찌로서도 2인자 자리를 잘 지켜내고 있어요.

나는 무거운 줄도 모르고 철없이 줄기에 매달려 있는 단호박입니다. 호박은 땅에 닿은 채로 기르지만, 단호박은 그렇게 하면 때깔이 좋지 않아서 터널 모양으로 살림을 차립니다. 요리는 하는 데 시간이 오래 걸리고요, 대신 밥에 들어가 이쁜 색으로 장식돼 있는 걸 본 적 있겠지요. 색만 이쁜 게 아니라 맛도 우아하니 이유가 더 있겠습니다. 뭉쳐내어 샐러드로 먹기도 하고, 껍질 부분은 적당히 쪄내어 씹는 맛을 즐기기도 합니다. 단호박 튀김은 자주들 드셨을 테고, 맛탕은 드셔보셨나요. 단단함과 달달함, 고구마와는 다른 맛이 호기심을 충분히 만족시킵니다. 속을 파내어 무언가로 채우고 쪄내는 요리는 서양의 것을 닮았고요. 단술은 허연 것으로만 알았는데, 단호박식혜는 맛이 어찌나 좋은지요.

무는 무엇이고, 생뚱맞게 단호박이 무엇인가 싶겠지만, 내가 바라보는 우리가 그렇습니다. 나와 당신이 그렇습니다.

아는 것도 있고, 모르는 것도 있지요. 알고 싶은 것도 있고, 모르고 싶은 것도 있겠지요. 그런 것이 얼마큼 있냐고 물으면, 그건 또 각자가 다르겠지요. 대한민국에 산다고 하지만, 디디고 살아가는 땅이 다르며, 오늘 하루 먹은 음식도 저마다 다릅니다. 마신 물의 양도 다르고, 나처럼 햇빛을 보지 않은 사람도 있겠지요. 언제 피어나고, 열매로 불리고, 먹을 수 있는 때인지도 사람마다 다르겠지요. 먹을 수 있다 해도, 즉 이제는 다른 세상에 나아갈 때라 해도, 요리 방법이 다양하듯 그 모습이 어떠할지는 또 사람마다 다를 것입니다.

여긴 얼루룩덜루룩한 세상이니까요.

손가락에 꼽히는 채소면 어떻고, 값비싸거나 저렴한 채소면 어떤가요. 각자 재료의 역할이 있고, 그것을 충실히 행하면 되는 것이지요. 한 번의 식사로 다 끝난답니까. 다음 번이 있고, 또 그다음 번이 있고, 하루에 두세 번은 꼬박 있을 터인데, 성급할 필요도 주저할 이유도 없겠습니다.

나는 철없이 줄기에 매달려 무거운 책임의 값을 빚지고 있습니다. 하지만 단지 아직 피어나지 않았을 뿐이지요. 머지않아 울퉁불퉁 동그랗게 맺을 것입니다. 그렇게 하려고 매일 글 쓰고, 학교와 직장에 다니며, 배우고, 반성하고, 먹고, 자는 것이니까요.

스스로 자책하지 마세요. 조금은 더 건강하고, 희망차고, 당당한 생각을 소유하고 살아가도 좋습니다. 빚지고 있다면 갚아내면 됩니다. 웅크리고 있다면 피어나면 되고요. 울퉁불퉁하다면 그건 그것대로 좋습니다. 다른 이유가 없더라도, 괜찮습니다. 가끔은 어떠한 이유도 필요치 않으니까요.

마음이 꽉 얹힌 날

마음 편한 사람이 되자, 다짐했으면서 왜 이리도 세상 것들을 쫓을까. 거대한 우주 속 작은 행성 지구에 살면서, 가만히만 있어도 널찍하게 한 바퀴 돌 수 있는데, 뭐가 그리도 급한 것일까. 지구 안 작은 이 나라에서, 작디작은 사람들 사이에서, 뭘 그리도 앞서보겠다고 자꾸만 서두르다 넘어지는 걸까. 세상은 내게 그렇게 여유 부리면 안 된다고, 지금은 그럴 때가 아니라고 타박하지만, 나는 마음 편한 사람이 되기로 했다.

그런데, 그렇게 마음먹기엔 세상에 잘난 사람이 지나치게 많다. 그들은 분명 내 앞을 달려가고 있는데, 자꾸만 뒤에서 등을 떠밀리는 기분이다. 아직 준비할 시간이 필요한 나에게, 지금도 늦었다며 급하다며 자꾸만 재촉한다. 내가 지금 서 있는 자리를, 나만의 속도를 스스로 알지 못할까. 하나씩 밟고 건너가야 할 순서라는 것이 있음에도, 자꾸만 마음을 붕 뜨게 하고, 자꾸만 두세 칸씩 건너라고 등을 밀어대니 함께 살아가기 참으로 곤란하다. 하지만 사실 따지고 보면 그들이 내게 딱히 무슨 말을 건넨 건 아니다. 잘 벌고, 잘 살고, 잘 먹는 사람들을 보며 나 혼자 아등바등할 뿐이다. 사실 고개 돌려 등 떠미는 사람의 얼굴을 마주하면 거기엔 바로 나 자신의 얼굴이 있다.

첫 책을 출간했을 때 특히 그랬다. 가을과 겨울 사이, 한 출판사에서 출간 제안을 받았다. 나이도 너무 어렸고, 글을 쓴 경력도 너무 짧은 나에게 출간 제안이 들어오다니, 이게 바로 신종 사기구나 싶었다. 가족과 함께 출판사 이름을 검색해보고, 어떤 책들을 출간했는지 살펴보고, 서점에 가서 실물 책을 몇 권 읽은 뒤에야, 그것이 사기가 아님을 확인한 뒤에야 답장을 보냈다. 서울에 가서 태어나 처음으로 미팅이란 것도 해보고, 계약서에 도장도 찍고, 그렇게 책을 만들었다.

첫 책이 나온 뒤에 내 신경은 온통 도서 순위에 쏠렸다. 오탈자는 없는지, 부족한 부분은 없는지, 독자들이 내 책을 잘 읽어주시는지 살필 겨를도 없이 말이다. 감사하게도 첫 주 성적은 나쁘지 않았다. 생각지도 못하게 베스트셀러 차트에 진입하기도 했다. 일주일 만에 내려오긴 했지만, 감사하고 신기한 하루하루를 보냈다. 인터넷 서점 중에는 책이 얼마나 팔렸는지 대략 짐작할 수 있게 판매지수를 숫자로 보여주는 곳이 있다. 그 지수가 새벽 3시마다 갱신되었는데, 매일 새벽 그 숫자를 확인하고 잠들곤 했다. 깜박 잠이 들었다가도 그 시간만 되면 일어나 숫자를 확인하고, 오르락내리락하는 숫자에 따라 내 기분도 오르락내리락하며 그렇게 6개월을 살았다. 참말로 그 어느 때보다 마음 불편한 6개월이었다.

내 책만 살펴보면 그나마 덜했을 텐데 어리석게도 비슷한 시기에 출간된 다른 작가님들의 책을 함께 확인했다. 내 책보다 판매지수가 높은 책, 잘 팔리는 책들의 비법을 알고 싶어서 몇백 권을 분석했다. 지금 와 돌아보면 참으로 미련하게, 하루하루를 보냈다. 그렇게 6개월 정도 지나니까 마음이 아주 쪼그라들었다. 넓고 밝은 곳이 아니라 좁고 어두운 곳으로 파고들며 그곳에 내 몸을 억지로 끼워 넣고 있었던 것이다.
이런 나의 모습을 보고, 하루는 학교 교수님께서 이렇게 말씀해주셨다. "어릴 때 실패해보는 건, 정말 소중한 경험이야." 그 말을 머리로는 백번 이해하고, 마음으로는 오십 번 이해했지만 초조하고 불안한 마음을 당장 깨끗이 지울 순 없었다. 그래도 교수님 말씀을 자꾸만 되새기며, 조금씩 천천히 들끓던 마음을 가라앉혀 나갔다.

밥만 먹는 게 아니라, 마음도 먹는 것이다. 밥만 꼭꼭 씹어서 속을 편안케 하는 게 아니라, 마음도 야무지게 먹어서 삶을 편안케 해야 한다. 세상을 마냥 뒤쫓을 게 아니라 현재 내 위치에서 제자리걸음도 할 줄 알아야 한다. 그래야 앞이든 뒤든 넘어지지 않고 균형을 잡을 수 있다.

그래서 내게 자주 묻는다. 나는 균형을 잘 잡으며 살고 있는지 말이다. 꼭 그렇다고 답하긴 어려울 것 같다. 요즘도 오르락내리락하는 날씨에 따라, 주변 사람들 기분에 따라, 내 삶도 오르락내리락하기 때문이다. 며칠 전엔 저 멀리 달려 나가는 사람의 모습을 보고는, 조급한 마음에 두세 칸씩 한 번에 뛰어넘으려고도 했다. 그럴 때마다 균형을 잡자고 되뇐다. 먼 곳만 바라보던 시선을 다시금 내 발밑으로 떨어뜨린다. 그리고 발에 차이는, 지금 당장 해결해야 할 일들을 주섬주섬 하나씩 해내고 있다. 마음을 급히 먹어 체하지 않도록, 꼭꼭 씹어 속이 편안하도록.

잘 살고 있다고

고개 숙이지 말고, 어깨도 펴고, 지나간 일들은 미련 없이 걷어낸 뒤, 맑은 하루를 보내길 바라. 좋았다면 추억, 아니었다면 경험이라고 하지. 그러면 뭐가 됐든 괜찮은 거 아닐까. 후련한 마음이든, 애쓰다 내려놓은 마음이든, 돌아선 당신 선택과 용기를 응원해.

그러니 당신, 돌아서는 뒷모습도 당당할 것. 무엇도 희생 말고 밥 먹듯이 또 하루를 살아낼 것. 아름다운 하늘은 결국 내가 그려내는 거라며, 고개 들고 좋아하는 것들만 잔뜩 떠올릴 것. 가끔 비가 오면 어때. 당신 좋아하는 것만 잔뜩 쏟아질 텐데. 발끝부터 무릎, 배꼽, 가슴, 입술, 머리까지 그것들로 흠뻑 젖을 텐데. 그래도 가끔은 돌아서서, 선분홍빛 미소를 보여주라. 잘 살고 있다고 세상에 슬며시 속삭여주라.

조금 티 나게

겉모습도 어느 정도는 가꿀 줄 알아야 합니다. 내면의 중요성은 변함없지만, 외면도 나 자신임을 잊어선 안 되지요. 그렇다고 예쁘고 멋있게 꾸미라는 건 아니에요. 하루를 시작할 때 조금 시간 내어 외모를 다듬고 정리하면 충분합니다. 적절히 갖춘 옷차림과 깔끔한 모습은 내면에 당당함을 더하고, 언제 어디서 누구를 만나도 부끄럽지 않을 자신감을 채워줍니다. 그렇게 하루를 단정히 쌓다 보면, 나는 어떤 모습이 어울리고 자연스러운지 알게 되는데, 이는 자존감을 형성하는 데 큰 역할을 합니다. 그러니 집착할 것까진 아니지만, 서로 마주 보고 살아가는 세상에서 외면도 조금은 신경 쓰는 게 낫습니다.

나 자신을 조금 티 나게 사랑해도 좋다는 말입니다.

의미 없는 시간은 없다

지난날들이 다 부질없다며 후회하는 사람이 있습니다. 그때의 당신과 비교하면 꽤 자라고 성장했는데, 슬픈 표정으로 자책하는 모습을 보면 마음이 미워집니다. 하지만 노력하고 애써야 무언갈 이룰 수 있는 세상이어서, 따듯한 위로만 건네진 못합니다. 다만, 분명한 건 의미 없는 시간은 없다는 것입니다. 후회와 미련에 가려졌을 뿐이지, 당신이 버티고 애쓴 시간은 지금도 빛나고 있습니다. 고생했고, 수고 많았다며 여전히 반짝이고 있지요.

조금은 자신 있게 당당했으면 합니다. 언젠가 해낼 거라며, 고개 들고 어깨를 활짝 폈으면 합니다. 그렇게 찌뿌둥한 피로를 흘려보내며 잠시 미소 짓는 시간을 가지면 좋겠습니다. 그 또한 의미 없는 시간은 아닐 테니까요.

주량은 소주 두 잔

술을 잘 마신다는 건, 남들보다 많이 마시는 게 아니라 적당히 마실 줄 아는 거라고 합니다. 속이 울렁거리지 않고, 기분이 적당히 좋을 때, 그때 끊어낼 줄 아는 사람이 술을 정말 잘 마시는 사람이라고요. 그래서 나는 소주는 두 잔, 칵테일도 두 잔, 맥주는 딱 한 캔만 마시고 끝을 봅니다. 네, 술을 잘하지 못합니다.

이 이야기를 들으면 누군가는 타박을 하겠지만, 술자리에 가면 주로 잔을 꺾어 마십니다. 주량이 되었다 싶으면 입술만 적시고요. 그래도 분위기는 맞추려 애쓰는 편입니다. 올해는 술 마신 기억이 거의 없습니다. 아마 소주 한 병도 다 채우지 못했을 듯싶습니다. 좋아하는 시인들께선 다들 술을 잘 드시던데, 그렇다고 그 분들 따라 억지로 마시고픈 생각은 없습니다. 딱히 술을 마시고 싶지도 않고, 나름 기분 좋게 잘 살고 있기 때문입니다.

당연히 술 잘 마신다는 말은 한 번도 들어본 적이 없습니다. 이런 내가 놀랍게도 보드카, 위스키, 칵테일 등 이름만 들어도 취기가 올라오는 술들을 파는 곳에서 반년 정도 바텐더로 일한 적이 있습니다. 사장님과 둘이 일했는데, 그곳 사장님은 딱 봐도 술을 아주 잘 드실 것 같은, 내공이 엄청날 것 같은 분위기를 풍기는 분이었습니다. 그래서 처음엔 억지로 술을 마시게 하면 어떡하지, 같이 술 먹자고 하면 어떻게 거절해야 하지, 걱정도 참 많이 했습니다. 일한 지 둘째 날, 드디어 우려하던 일이 일어났습니다. 직접 마셔봐야 손님에게 맛과 향을 설명할 수 있다고, 술을 가져와 하나씩 마셔보라 하셨습니다. 어떻게 설명을 드려야 하나 고민하던 차에 사장님께서 술이 확 깰 만한 말씀을 하셨습니다. "틈틈이 마시되, 마시고 싶은 만큼만 마셔. 그래야 탈이 안 나." 덕분에 나는 늘 취한 상태로 퇴근했지만, 늘 기분이 적당히 좋았기에, 그즈음의 기억은 참 좋게만 남아 있습니다.

이는 비단 술에만 적용되는 이야기는 아닐 거라고 생각합니다. 우리는 남이 아닌 나의 기준을 알아야 합니다. 어느 때에 적당히 기분이 좋은지, 마음을 꾸준히 들여다보며 보살펴야 합니다. 그래야 적당히 기분 좋게 살아갈 수 있습니다. 세상 사람들의 기준을 이정표 삼아야 할 때도 있지만, 내 기준이 내가 가장 편하고 빠르게 갈 수 있는 지름길이 되기도 한다는 생각을 하시면 좋겠습니다. 나로 살아온 사람은 세상에 나뿐이니 나에게 가장 잘 맞는 방법을 가장 잘 아는 사람은 나이지 않을까요.

마음만큼만 하면 됩니다. 당신 마음, 편안한 만큼이요.

꿈이 뭔가요?

하고 싶은 것을 하라고 배웠다. 직업은 꿈이 아닌 수단이라고 배웠다. 굳이 꿈을 직업으로 삼겠다면, '어떤'이라는 단어가 붙어야 그나마 꿈 흉내를 낼 수 있다고 배웠다. 아주 구체적이어야 한다고. '멋진 작가'가 꿈이라고 말하면, 그들은 어떤 표정을 지을까. 그동안 뭘 듣고 배운 거냐며, 동문서답을 하겠지. 그럼 노벨문학상을 받는 게 꿈이라고 말하면, 그들은 어떤 반응을 보일까. 그제야 꿈답다 미소 짓거나 아니면 현실적인 꿈을 꾸라고 또다시 꿈에 대해 가르치려 할까. 그들이 생각하는 꿈은 대체 무엇일까.

꿈을 꾸어야 살아갈 수 있다는 말에는 공감한다. 건강

하게 살아가려면 운동을 해야 하듯이, 행복하게 살아가려면 꿈을 꾸어야 한다고 생각하기 때문이다. 꿈이 삶을 움직이게 해, 조금 더 건강하게 만들어준다고 생각하기 때문이다. 물론 언제나 항상 꿈을 꿀 필요는 없다. 항상 꿈을 꾼다면 그건 또 그것대로 부작용이 나타날 거다. 운동도 과하면 오히려 건강을 해치듯이, 꿈을 꿀 때도 쉬는 시간이 필요하다. 항상 꿈꾸고, 하염없이 그 꿈을 바라보고, 그것을 향해 뛰어간다면 우리 호흡이 너무 가빠지지 않을까. 매일 하루가 가엾게 흘러가진 않을까. 쉽게 지치고 자주 멈춰 서진 않을까.

지금 당장 꿈이 없다 해도 괜찮다. 나는 종종 꿈을 강요하지 않는 세상을 꿈꾼다. 언젠가 꿈이 생기면, 그때부터 애쓰기 시작하면 된다. 그것으로 충분하다. 꿈이 생기지 않는다면 꿈이 없는 채로 살아도 좋다. 일상의 소소한 행복도 우리 삶을 충분히 풍요롭게 만드니까. 각자에게 소중한 건 다 다를 텐데 그 누가 무게를 잴 자격이 있을까.

꿈은 좇는 게 아니라 작은 씨앗부터 마음에 품고 키우는 것이다. 꿈을 이루기 위해 필요한 건 이런저런 미사여구가 아니라, 꾸준히 무언가를 해나가며 기다리는 힘을 기르는 것이다. '어떤'에 해당하는 어떤 단어도 필요치 않다. 그저 '나'의 꿈이면 그것으로 충분하다.

요가

요가를 시작했다. 다른 사람들보다 몸이 아주 뻣뻣하다는 것을 알고 있어서, 차마 요가학원은 찾아보지도 못했다. 그래도 세상이 좋아진 덕에 일단 유튜브 영상을 보며 기초 자세를 배우고 있다. 처음에는 '초보 요가'를 검색해 아무 영상이나 이렇게 저렇게 따라 해보았다. 너무 힘들었다. 앉아서 다리를 앞으로 곧게 펴는 것도 힘들었고, 어찌 다리를 폈다 해도 허리를 니은 자로 꼿꼿이 세우는 건 아예 불가능했다. '왕초보 요가'를 검색했다. 다행히 왕초보용 영상에서 알려주는 자세는 어느 정도 따라 할 만했다. '왕왕초보'를 검색하지 않아도 되어서, 이런 나 자신이 '차아암' 대견했다.

왕초보 영상을 보고 동작을 따라 하면서도 이렇게 해서 언제 초보를 탈출할 수 있을까 생각했다. 무언가 시작하기 전에 걱정부터 꺼내는 성격이 요가를 할 때도 나타났다. 고통의 시간이 끝나고 영상 끝 무렵 선생님에게 "나마스테"라고 인사하고 몸을 일으키는데, 기분 탓이 아니라 정말로 몸이 가벼워진 게 느껴졌다. 20분 남짓 애쓴 게 바로 몸으로 느껴지니, 그동안 내 몸이 얼마나 굳어 있었는지 깨달음과 동시에 앞으로 꾸준히 영상을 따라 하면 몸이 가벼워지겠다는 생각이 이리저리 겹쳐졌다. 왠지 모르게 허탈하면서도 안심이 되어서 괜히 웃음이 새어 나왔다.

며칠 동안 계속해서 요가를 했다. 요가를 하는 중에도 반복하는 자세가 점점 좋아지는 것을 느낀다. 무릎을 굽히고 앉아 엉덩이를 발뒤꿈치에 바짝 붙인 다음, 허리를 굽혀 이마를 바닥에 대는 아기자세가 처음에는 그렇게 힘들었는데, 이제는 아침에 일어나 스트레칭 자세로도 애용한다. 아직은 고통스러운 자세가 그렇지 않은 자세보다 많지만 영상 중간중간 선생님께서 "할 수 있는 만큼 해도 괜찮아요. 점점 더 좋아질 거예요"라고 해주실 때면 마음이 편안해진다.

요가를 하면 몸이 부드럽게 풀리는 건 둘째 치고, 마음도 편안해지는 게 참 좋다. 세상만사가 그렇진 않겠지만 "무리하지 말고 지금은 할 수 있는 만큼만 해요. 분명 좋아질 거예요. 편안한 마음으로 가만히 휴식하는 것도 통증에 정말 좋아요"라는 말들이 마음을 따듯하게 한다. 그 말씀을 믿고, 단번에 몸이 좋아질 거라는 생각은 하지 않고, 기대도 하지 않는다. 그저 어제보다 오늘, 오늘보다 내일 더 유연해질 나를 생각하며 매일 요가를 하는 중이다.

우리는 당장에 목표하는 것을 바라보며 조급하게 뛰어가다 넘어지곤 한다. 누군가 밀쳐서 자리에 넘어진 것은 어쩔 수 없지만, 마음을 차분하게 다스려서 넘어지지 않아도 되는 때에는 넘어지지 않았으면 하는 마음이다. 살아가며 분명 뛰어야 할 때가 찾아오긴 하겠지만 어제보다 오늘, 오늘보다 내일 더 나아갈 자신을 생각하며 마음을 다스려보자. 당신의 하루는 분명 점점 더 좋아지고 있다.

오늘 하루도 수고한 나에게 깊은 존중을 담아서, "나마스테."

마음처럼 안 될 때

그렇다고 그동안 애쓴 시간이 무의미한 건 아니지요. 아무도 알아주지 않는 것 같다고, 당신까지 그럴 필요는 없습니다. 세상은 공정하지도 평등하지도 않습니다. 그래서 생각만큼, 마음만큼 안 되는 것이지요. 그러니 결과의 책임을 모두 나에게 지우지 않아도 됩니다. 무기력함과 좌절에 침몰하지 마세요. 흘러가는 대로 나를 내버려 두지도 마세요. 자꾸만 노를 저으며 방향을 수정하고, 속도를 조절하며 목표하는 바를 향해 나아가세요. 좀 느려도 괜찮고, 길을 잘못 들어도 괜찮습니다. 끝없이 나를 보살피며 자신을 잃지 않길 바랍니다. 어느 날, 적당한 하루가 당신을 찾아올 것입니다.

그럴 수도 있는 거잖아

내가 좋아하는 사람이 날 사랑할 수도 있고, 모든 걱정이 눈 깜빡하면 사라질 수도 있고, 내내 고민만 하다 갑자기 용기가 생길 수도 있고, 슬픈 날에 문득 행복한 기억이 떠오를 수도 있는 거잖아. 좋은 예시만 적어놨지만, 이렇게 좋은 일들만 있을 수도 있는 거잖아. 그러니 우리 같이 살자. 나도 매일 슬프고, 자주 울고, 밤을 꼬박 새우는데, 그럴 수도 있는 거라며 애쓰고 있으니까, 우리 꼭 같이 살자. 우리가 함께하면 보통의 하루도 그림이 되지 않을까. 색깔이 부족하면 서로 채워주면 되잖아. 그래도 모자라면 반만 칠하고 반으로 접으면 되잖아. 그럴 수도 있는 거고, 그럴 수도 있는 거잖아.

90년대생은 이렇게 살고 있다

"그래요, 그때는 고민이 많을 때죠." 앞서 살아간 어른들과 대화하면서, 이 말을 참 많이도 들었다. 그만큼 내가 고민을 털어놓았고, 그들 또한 그만큼 고민해오며 살아왔기 때문이겠다. 어떤 사람은 나이를 먹어갈수록 생각할 것도, 책임질 것도 많아진다고 하던데, 고민의 양은 그런 것들과 연관이 없는 것일까. 차라리 생각을 하고 책임을 질 테니, 고민을 덜고 싶다. 그렇게만 된다면 조금 더 빠르게 어른이 되어도 괜찮을 것 같다.

친구들 그리고 가까운 선후배들과 나누는 대화의 주제는 보통 '진로'다. 어떤 일을 하며 먹고살지는 기본이고, 요즘에는 주식이나 재테크 관련 이야기도 꽤 한다. '꿈'이 무엇인지를 주제로 대화하기에는 세상이 좀 차가워졌다. 이제 차가운 세상에 발 디딜 나이가 된 걸 수도 있겠고. 정말 가끔 여전히 꾸고 있는 꿈에 대해 이야기하는데, 그때는 잠시 구름 위에 앉아 있는 느낌이랄까. 부드럽기는 한데 어딘가 불안한 그런 구름, 금방 비가 되어 다시 세상으로 내려가야만 할 것 같은 그런 구름.

취직하고 일하고 있다는 친구들의 소식이 종종 들리는 요즘이다. 나도 꾸준히 글을 쓰고, 출판사에서 일을 하고, 최근에는 독자님들과 함께 글을 써서 책으로 엮는 프로젝트와 봉사활동 같은 새로운 일에도 도전하고 있다. 나름대로 성실하게 살려고 노력하는 모습에 주변 분들께선 감사하게도 좋은 말씀을 건네주신다. 한 달 전만 해도 넉넉하지 못한 수입에 아르바이트 자리를 알아본 건 모르시겠지. 지금도 간신히 입에 풀칠만 하고 있으며 학업을 병행하는 입장에선 마음에 고민만 한 꺼풀 더해진다. 어느새 무거워진 세상이, 하루씩 더 무섭게 느껴진다.

누구는 배부른 소리라고 할 수도 있다. 책을 구매해주시고 독자가 되어주신 분들에게는 죄송하지만, 책으로 벌어들인 수입을 이야기하면 그분들은 내게 미안하다고 말할 것이다. 나름 책이 팔렸다 해도 6개월 동안 순수하게 책으로 벌어들인 수입이 이번 달 월급만큼도 안 되니 말이다. "사람이 꿈을 꿔야지. 하고 싶은 일을 하고 도전도 하면서 살아야지"라며 지금 생각하면 부끄러운 문장을 호기롭게 말하고 다니기도 했다. 공무원 시험이나 고시 준비에 뛰어들 용기도 없으면서 그들의 선택을 의식적으로 무시하기도 했다. 지금은 친구들과 지인들의 용기가 부럽고 존경스럽다. 분명 그들도 고민이 있겠지만, 그들의 삶이 탐이 나기도 한다.

우리 90년대생은 이렇게 살고 있다. 당연한 일은 당연해서 이야기하지도 않는다 했던가. 이성 문제를 제외하고, 친구들에게 “힘들다”, “외롭다”라는 말을 들은지도 꽤 오래된 것 같다. “많이 힘들었구나”, “많이 외로웠구나”, “그렇게 살아왔구나” 모두 들어줄 수 있는데, 나도 많이 힘들다고, 많이 외롭다고, 그렇게 살아왔다고 모두 말할 수 있는데. 아무리 당연한 일이어도 그게 당연하다고 몇 번이고 말해줄 수 있는데. 요즘은 이런 말 한마디가 참으로 아쉽다.

어쩌면 우리가 같은 꿈을 꾸고 있는지도 모르겠다. 얼른 어른이 되고픈 꿈. 생각할 것도, 책임질 것도 많아지겠지만, 그때를 지나 저녁이면 바쁜 걸음으로 약속자리로 향하는 그런 꿈. 몸과 마음은 힘들어도 말로는 행복하다 할 수 있는 그런 꿈. 나아중에 지금 우리 같은 누군가를 보면서 “그래요, 그때는 참 그럴 때죠” 고민 없이 말할 수 있는, 그런 꿈을.

너무 조급해하지 말아요

향기를 품은 청춘아, 시간 지나면 결국 다 피어날 테니 너무 걱정 말아라. 세상에 피어난 꽃들도 결국 다 질 때가 있으니 조급해하지도 말아라. 다 때가 있고, 기회가 있는 법이다. 잔뜩 오므린 봉오리가 당장 내일 피어나기도 하고, 키 작은 줄기에서도 꽃은 피어나니, 아무렴 마음을 편히 가져라. 눈물 머금은 만큼 자라고, 하늘 바라본 만큼 뻗는 게 우리 삶이다. 그러니 부끄러워 말고 당당히 고개 들어라.

앞에 펼쳐진 세상을 가만히 감상해도 좋다. 아무 생각 없이 바람에 흔들려도 좋다. 삼키지 못한 문장을 억지로 뱉어도 좋고, 영원한 사랑을 바라도 좋다. 나중에 활짝 피어나면 지금을 그리워할 테니, 젊은 날 이렇게 살아도 좋다. 아름다운 청춘아, 마음껏 사랑해도 좋다.

눈사람 같은 사람

'감성적이다'라는 말을 예전부터 자주 들어왔다. 감수성이 풍부하다는 말도 함께. '낭만적이다'라는 말은 잘 듣지 못했고, 감성충이라는 웃지만은 못할 단어는 요즘 들어 종종 듣고 있다. 비슷한 단어도 몇 들려오지만, 그중에 '감정적이다'라는 말은 거의 들어보지 못했다. 스스로도 때론 내가 지나치게 이성적인 건 아닌가 생각하기에, 한편으론 조금 밉기도 하다. 감성과 이성이 공존하는 내 삶은 좀 춥다. 그래도 덕분에 눈사람처럼 제 모양은 잘 유지하기에 그럭저럭 만족하며 살아간다.

외롭지 않으냐는 질문은 꾸준히 받는다. 생활패턴과

성격이 혼자서 무언가를 하는 데 익숙해져 있어서, 그래서 그렇다. 그럴 때마다 괜찮다고 답하지만, 그건 또 외롭지 않다는 것을 의미하진 않는다. 나도 외롭다. 가끔은 몸이 녹아내리지 않을까 걱정될 만큼 눈물을 흘리기도 한다. 하지만 흰 도화지에 흘러내린 것을 작품이라고 부르듯이, 흘러내린 눈물도 내 삶의 작품이 되겠거니 생각하고 만다. 그래서 나는 외로움이 괜찮다.

나를 따듯하게 품는 사람이 있다. 더운 공기를 공유할 때, 녹아내릴 것이 두렵지 않으냐는 질문을 받는다. 그럴 때마다 괜찮다고 답하지만 그건 또 두렵지 않다는 것을 의미하진 않는다. 나도 두렵다. 녹아내릴 때의 고통을 알기에, 따듯한 품을 밀어내기도 했다. 하지만 당신 품에서 녹아내린다는 건, 나와 당신이 하나가 된다는 것을 의미하기에, 근사한 작품이 되겠거니 생각하고 만다. 그래서 나는 두려움이 괜찮다.

다행히 외로움과 두려움은 차갑다. 그래서 나는 존재

한다. 녹아내리다가도 외로움과 두려움을 느낄 때면, 다시 제 모양을 잡는다. 그렇기에 감정과 관련된 모든 질문에 대한 내 대답은 언제나 '괜찮다'이다. 감정적이지 않고 이성적인, 그러나 감성적이고 낭만적이길 바라는 그런 삶을 산다. 춥고 외롭고 두려운 하루들에, 나름의 규칙을 가진 발자국들이 바쁘게 찍힌다. 그래서 나는 괜찮다.

미술 선생님

미술 선생님께서
혈액암으로 돌아가셨다.

풀과 나무를 예쁘게
그리는 방법을 가르쳐주셨는데

코발트블루와 고동색을 섞어서
기둥을 부드럽게 칠하라 하셨는데

물을 많이 먹으면 종이가 운다고
적당히 힘쓰는 법은 연습뿐이라 하셨는데

그때 가르침을 귀담아듣고
더 많이, 더 많이 연습해야 했다.

지금도 나는 가끔 지나치게 울고
메마른 등을 보이며 잠에 들곤 한다.

나는 부산 사람입니다

나는 부산 사람입니다. 바다와는 조금 먼 곳에서 자랐지만, 지하철 타면 금방 바다를 볼 수 있었기에 자주 마음 따라 나서기도 했습니다. 그러니 내가 어딜 가든 어찌 바다 냄새가 나지 않을까요. 말투에 진한 사투리가 묻어나고, 은근히 무뚝뚝한 것은 그런 이유 때문이겠습니다. 대부분의 사람이 바다를 좋아해서 그런지 내가 부산 사람이라 말하면 바다 이야길 꺼내며 부럽다 말씀하시곤 합니다. 물론 진득하지만 상쾌한 바람을 타고, 어디서부터 불어온 건지 알 수 없는 바다 냄새는 참 반가운 것이지요.

하지만 부산에서의 삶은 그리 만족스럽지 않았습니

다. 배우지 않아도 될 감정들을 많이 알게 되었거든요. 몰라도 상관없을, 아니 모르는 게 더 좋을 것들이 내 안에 들어와, 어릴 때부터 어른이 된 지금까지 가슴을 꺼끌꺼끌, 불편하게 만들고 있습니다.

같은 아파트에 살며 유치원 다니기 전부터 친해진 소꿉친구 중에서 지금 편히 연락하는 친구는 없고요, 그 중 하나는 세상에서 가장 먼 사이가 되었습니다. 그 친구들 부모님 중 한 분은 내 인사를 받지 않습니다. 나중에 알고 보니 어른들끼리 싸우셨다는데, 어린 나한테까지 그럴 이유가 있었나 싶습니다. 뭐, 이젠 얼굴도 잘 기억나지 않지만요. 초등학교를 다닐 때는 반에서 왕따를 챙겼다는 이유로 나도 잠시 왕따를 당했습니다. 다른 이유는 전혀 없이요. 단지 체육 시간과 점심시간에 그 친구를 챙겼다는 이유로요. 그때 힘이 셌던 친구 중 한 명은 몸 쓰는 일을 하며 힘이 더 세졌습니다. 삶이 공평하지 않다는 것은 진작 알고 있었지만, 이리도 불편할 줄 그때는 몰랐습니다.

중학교에선 어른도 별반 다름이 없음을 배웠습니다. 가정사로 멀리 이사 간 친구가 있었는데, 어느 날 가정 선생님이 수업 시간에 나를 따로 불러냈습니다. 그 친구의 가정사에 대해 알고 있는 걸 모두 말해보라며, 걱정보다 호기심 가득한 표정을 짓는 모습에 참담하기 그지없었습니다. 당신 호기심을 채우기 위해 아이의 동심과 순수함을 갈취하는 모습을 보며, 누가 가르침이 필요한 사람인지, 인간이 배워야 할 것은 무엇인지에 대해 고민할 수밖에 없었습니다. 더한 일이 자꾸만 일어났는데, 그때 스트레스로 빠진 머리카락은 마음을 꽉 막기에 충분했습니다. 그리고 중학교에도 왕따가 있었습니다. 하지만 그 친구는 내가 챙기지 못했습니다. 다른 반 반장 녀석이 그 친구의 얼굴을 밟고, 욕하고, 침 뱉고, 사람으로서 하면 안 되는 행동을 할 때도 나는 지켜만 봤습니다. 이 장면은 지금도 생생합니다. 그 녀석이 우리나라의 소위 3대 명문대라 불리는 한 학교에 입학했다는 소식과, 정치인 또는 기자를 꿈꾸고 있다는 그리고 아주 성공하기 위해 노력하고 있다는 이야기를 듣고 나는 다시 삶에 대해 생각했습니다. 세상이 공평하지 않음을 진작 알고 있었고, 불편하다는 것도 알았지만, 이리도 안타까울 줄은 그때는 몰랐습니다.

고등학교는요, 누구에게 잘못을 물어야 할지 모르겠습니다. 물론 나에게도 아무런 잘못이 없진 않았겠지요. 그때는 대학 진학이 그 무엇보다 중요한 목표였고, 색다른 선택지가 없었기에 마찰하고 부딪히고 질투하며 서로를 갉아먹곤 했습니다. 어른들의 치맛바람과 학교에서 밀어주는 친구의 성적이 안 좋게 나왔다는 이유로 재시험을 치게 한 선생님과 집안사람들로 가득했던 고립된 지방 사립고의 환경 덕분에 오늘 글감을 얻었으니, 누구에게 잘못을 물어야 할까요. 자기 자식 아픈 것은 알면서, 학생들에게 할 말 못 할 말 구분 못 하던 선생님은 여전히 잘 지내시는지요. 복도에 울리던 뺨 맞고 매 맞는 소리는 왜 그리도 컸는지요. 시험 성적이 낮다는 이유로 운동장 흙먼지 위를 한 시간 내내 구른 데에는 정말 맑은 마음만 있었는지요. 그렇다면 어두운 교실에 불 하나라도 비춰주시지, 왜 그리도 무심하셨는지요. 막상 보면 나쁜 놈들이 잘 산다는 말을, 그때라도 가르쳐주셨으면 학교를 그만두는 학생이 그리도 많진 않았을 텐데요. 세상이 다 그렇다는 것을 어렴풋이 알고는 있었지만, 이리도 답답할 줄은 그때는 몰랐습니다.

지금도 부산에 가면 여전히 바닷바람이 붑니다. 서울에 부는 바람은 바닷바람과는 조금 다르지만 또 비슷하기도 합니다. 가끔은 짠 내가 나기도 하고, 진득하기도 하고, 가끔은 상쾌하기도 하지요. 학창 시절에 겪었던 일들과 이제 어른이 되어 겪는 일들도 조금 다르지만 또 비슷하기도 합니다. 불편하고, 안타깝고, 답답한 일들이 바람처럼 불어왔다 멀어집니다. 세상은 불공평한 일투성이지만 어쩌면 바람과 시간은 누구에게나 공평하게 흘러가는 듯합니다.

어릴 때 나를 흔들던 바람이 지금도 불어옵니다. 바람을 그치게 할 수는 없으니 이제는 바람을 이용할 방법을 궁리해봅니다. 바람이 불면 그저 흔들리기 바빴던 시기를 지나 돛을 펴고 바람의 힘을 이용해 나아갈 줄 아는 나이가 되었을까요. 미움과 원망으로 가득했던 마음을 이 바람에 흘려보낼 수 있는 나이가 되었을까요. 나는 부산 사람입니다. 바다 가까이 살았던. 겪지 않아도 될 일을 일찌감치 겪었던.

마음이 흔들릴 때마다

도덕적으로 살진 못해도 법은 지키며 살고 싶습니다. 다른 사람 눈에 피눈물 나게 하면 배로 돌려받는 게 인생 진리지요. 당장은 나쁜 놈들이 잘 먹고 잘 사는 것처럼 보이지만, 다 돌아오게 되어 있습니다. 그러니 부끄럽게 살지 말아요, 우리. 늘 반듯하게 살 순 없어도, 옳은 마음을 가지고 정진해요. 가는 길이 아무리 밝다 해도 목적이 지저분하면 도착지는 깜깜하고, 가는 길이 어두컴컴해도 목적이 참하면 마침내 빛이 쏟아집니다. 다른 사람들의 걸음에 조급해하지 말고, 그들의 성취에 질투 말고, 스스로 반성하는 데 집중하길. 마주한 한계에 좌절 말고, 흐르는 시간에 매몰 말고, 바른 길이 지름길임을 증명하길. 우리가 도모할 가치가 무엇인지 명확히 판단하고, 용서와 용기를 가지고 나아가길. 마음이 흔들릴 때마다 이렇게 다짐해요, 우리.

당신은 뭐든지 할 수 있는 사람

무너지는 건 약한 것이라 생각한 적이 있다. 무엇이라도 붙잡고 버텨내야 한다고 배웠기 때문이다. 그렇게 해야만 살아남을 수 있다고, 성공할 수 있다고 배웠다. 그들의 말이 아주 틀린 건 아니지만, 이제는 아주 맞다고도 생각하지 않는다. 버텨야 한다고 말하는 사람 대부분이 크게 넘어져 봤거나 엉엉 울어봤다는 것을 알기에, 넘어진 걸 부끄러워하다가도 툭 털고 일어났음을 알기에, 그러면서 무너지고 넘어지고 일어서는 법을 배웠다는 걸 알기에, 나는 무너질 사람에겐 기꺼이 무너지라 말한다. 무엇도 붙잡지 말고 그대로 넘어지라고, 마음껏 울어내다가 아무 일 없는 듯 툭 털고 일어나라고, 모든 사람이 다 그렇게 살고 있으니, 괜찮다고 말이다.

무너지는 사람이 약한 게 아니다. 무너지고서 결국 일어나지 않는 사람이 약한 것이다. 다시 넘어질지언정 툭 털고 일어나 제 갈 길 가는 사람은 결국엔 해낼 사람이다. 우리는 태어난 뒤로 줄곧 그렇게 살아왔다. 그러니 우리는 결국 해낼 사람인 것이다.

스스로 찾아오는 행복

행복이란 참 그렇습니다. 늘 아쉽고, 아쉬운 것이지요. 깊은 갈증 끝에 마시는 물 한 모금이면 느낄 수 있는 것이 행복인데, 평소 벌컥 들이켜는 물에는 무덤덤한 우리입니다. 많은 사람이 원하는, 예부터 모두가 바라온 돈으로 이야기해볼까요. 물론 많이 벌고 많이 쓰면, 따라오는 감정도 많겠지요. 하지만 적은 돈으로는 행복을 느끼지 못할까요.

얼마 전에 손글씨 교정 책과 공책, 볼펜 두 자루를 샀습니다. 다 합쳐서 만 원 정도 되었을 거예요. 첫 장을 펼치니, 글자는 무슨, 선 긋는 연습부터 하라는데, 그게 뭐라고 혼자 웃겨서 삐뚤빼뚤한 선을 몇 개나 그었습니다. 이 나이 먹고 손가락에 힘주어 공책에 투명한 선을 따라 그리는 모습이, 아가가 다리에 힘주어 걸음마 하는 모습 같다고도 생각했습니다. 선 좀 그었다고, 못생긴 글씨가 당장 예뻐지진 않겠지만, 조금씩 변할 거란 생각이 그날의 행복 포인트였습니다. 온종일 그어낸 선처럼 얇은 감정이었지만, 그것이 쌓이면 그럴싸하지 않을까라는 생각이 행복의 포장지를 벗겨냈습니다.

"적게 벌어도 된다. 그래도 행복할 수 있다." 이런 말을 하고 싶은 건 아닙니다. 나도 돈 많이 벌어보고 싶고, 크고 좋은 집, 멋있고 안전한 차를 소유하고 싶습니다. 그것들을 가지면 행복할 것도 같고요. 다만, 오늘 '당장' 행복할 수 있는 걸 찾아보자는 것입니다. 그날의 나에겐 손글씨 교정 책 하나면 충분했고요, 며칠 전에는 잃어버렸던 시집을 중고로 다시 샀는데, 어찌나 행복하던지요. 책값이 아마 4,500원이었을 겁니다. 오늘 저녁에는 좋아하는 형과 감자탕을 먹기로 했습니다. 라면이든, 수제비든, 이것저것 추가해서 한 끼 뚝딱하면 그것이 행복이겠지요. 오늘 하루의 행복은 그것으로도 충분할 것입니다.

현실에 안주하는 거 아니냐고요. 감성적이고 의미 없는 위로는 아니냐고요. 나의 하루엔 행복하지 않은 일도 수두룩합니다. 글이야 여전히 쓰는 행위가 좋긴 하지만, 일로 써야 할 때는 몇 배나 더 부담스럽고 힘든데, 그걸 하루에도 몇십 장이나 쓰고요. 스트레스받는 업무 연락은 시간 시간마다 옵니다. 통장을 스쳐 빠져나가는 월급, 나에게 이런저런 요구만 해오는 무례한 사람들…. 어쩌자고 학교까지 다니고 있는지, 밀리기만 하는 학교 과제와 시험 등, 세자고 들면 한이 없습니다.

하지만 분명 이런 것들이 행복을 가져다줄 거라 믿습니다. 속물적이라 해도 입금 알람이 울리면 얼마나 행복한지요. 손글씨 책도, 잃어버렸던 시집도, 감자탕도 모두 내가 정당한 노동을 해 번 돈으로 구매한 것들입니다. 그 외에 있었던 일들도 하나하나 떠올려보니, 행복할 수밖에 없었던 하루들이네요.

아무튼, 행복이 참 그렇습니다. 작고 소소한 것도 내 것이면, 그게 행복인 것이지요. 내가 직접 찾아야 한다는 조건이 하나 붙지만요. 그래도 다행인 건, 가끔 행복이 스스로 찾아오기도 한다는 것입니다. 살아오며 한 번씩은 분명 느낀 적 있을 거예요.

높고 맑은 저녁 하늘,
낯설어도 반가운 아침 공기,
가로등 아래 작게 피어난 꽃송이들,
지하철에서 자리를 양보하는 청춘의 다정함,
벤치에 앉아 다정히 음식을 나누어 드시는 노부부의 시선….
이런 것들이 내게 제 발로 찾아온 행복입니다.

모두 행복하고 싶지요. 당신은 언제, 어디서 행복하신

가요. 다른 사람에게서 찾고, 비교하고, 무너지기보다, 자신에게서 행복을 찾아보세요. 행복 별거 없다 한들, 내가 느껴야 그것도 납득할 수 있을 테니까요.

꿈을 잊지 않는 것이 꿈

꿈. 꿈이라고 하면 입안에 말 주머니가 가득해진다. 어렸을 때, 그러니까 세상을 잘 알지 못하던 때, 지금 생각하면 허황되지만 아름다웠던 그때의 꿈부터 세상을 조금 알게 된 지금 가지고 있는 꿈까지. 그런 꿈들이 순서 없이 뒤죽박죽 섞인 채, 입안에서 얕은 숨을 쉬고 있기 때문이다.

바다를 헤엄쳐 해외여행을 가고 싶었다. 내가 어릴 때에는 SNS 같은 것도 없어서, 학교를 며칠씩 결석한 친구가 돌아와 들려주는 먼 나라 모습들이 정말 신기했다. 머리 색은 까만색뿐 아니라 다양하고, 쌀밥을 먹지 않아도 되는 그 세상이 궁금했다. 비행기를 탈 땐, 신발을 벗지 않아도 된다는 걸 잘 알고 있었지만 친구들이 던지는 재미없는 농담에 건조하게 웃곤 했다. 그때 갈라진 입가가 지금도 가끔 쓰리다.

친구들이 사이좋게 지냈으면 했다. 키가 작아도, 몸집이 커도, 얼굴이 못생겨도, 할머니 아래서 자라도, 돈이 없어도, 달리기가 느려도, 피부가 까매도, 안경알이 두꺼워도, 옆머리가 떠도, 축구를 못해도, 공부를 잘해도, 영어 발음이 좋아도, 연애에 관심이 많아도, 자전거를 못 타도, 밥을 많이 먹어도, 말을 더듬어도, 싸움을 못해도, 피부가 안 좋아도 친구들이 사이좋게 지냈으면 했다.

어서 어른이 되고 싶었다. 스무 살이 되면 많은 것을 할 수 있을 거라 생각했고, 또 하겠다고 다짐했다. 술이나 담배에 관심이 있었던 건 아니고, 돈 벌고 만나고 싶은 사람을 만나 자유롭게 사랑하는 것이 꿈이었다. 늦은 밤에도 집에 들어가지 않고, 그날 있었던 일과 앞으로 함께할 일을 매만지며 이야기 나누고 싶었다. 이 꿈은 조금 아프게 남아 있다. 일찍 깨버려 잊혀가는 꿈이랄까.

지금은 꿈이 무엇이냐 물으면, 밤새 술을 진탕 마시고 퍼질러 자는 것이라고 답한다. 소박하다면 소박하겠지만, 원체 술이 약해서 꿈이라면 꿈이다. 다음 날 일정이 어떠하든, 막걸리랑 닭강정이랑 배 터질 때까지 속에 집어넣고, 라디오를 틀어놓은 채 잠들고 싶다. 그러고 잠에서 깨, 아무에게도 미안해하고 싶지 않다. 편히 써내지도 못하는 이 뜨뜻미지근한 감정을 얼른 내려보내고 싶다. 편안하게 하루를 시작하고 싶다.

이것 말고도 꿈이 많다. 그래서 지금 가장 바라는 꿈은 꿈들을 잊지 않는 것이다. 아프게 사랑할 것, 다정하게 살아갈 것, 여유를 베풀 것, 어려움은 품어줄 것, 추억을 남길 것, 바른 말을 사용할 것, 바른 생각을 행동으로 옮길 것, 꾸준하게 쓸 것, 아주 가끔 울 것, 감정에 솔직하되 모두 드러내지 말 것, 새로운 음식을 맛볼 것, 겉으로 판단하지 말 것, 인연을 믿을 것, 잘못은 고백할 것 그리고 다시 아프게 사랑할 것.

이 꿈들을 잊지 않는 것이 지금 나의 꿈이다.

포스트잇이 아니네?!

집 근처 서점에 내 책이 다섯 권 있다는 소식을 듣고, 책들이 어떻게 누워 있을지 살피러 간 적이 있습니다. 매대 맨 구석에 다섯 권이 서로를 의지하듯 층층이 쌓여 있었고, 바로 옆에는 좋아하는 작가님의 책이 놓여, 신기한 기분이 들었습니다. 태어나 처음 느껴본 감정이었지요.

책을 가만히 보기만 하고 집으로 돌아가긴 아쉬워, 포스트잇을 붙여둘까 생각했습니다. 꼭 구매하진 않으셔도 괜찮으니, 몇 장 살펴봐 달라고, 이름과 함께 써서 몰래 붙여두려고요. 별 기대 없이 책장을 넘길 독자님들께 우연히 만난 반가운 친구처럼, 깜짝 선물처럼 소소한 즐거움을 전해드리고 싶었습니다. 서점 안에는 문구를 파는 곳이 있었고, 무엇이 좋을까 한참 고민하다 네모난 포스트잇을 샀습니다. 그런데 포장지를 뜯고 한 장 떼보니, 모든 종이에 접착면이 없었습니다. 소위 말하는 떡메모지를 샀던 것입니다. 어찌할까 잠시 고민하다가 이미 포장지도 뜯었겠다, 메모지에 글자를 적고 책 맨 뒷장에 끼워두었습니다. 사진을 몇 장 찍고, "잘 있어라, 잘 읽혀라" 작게 되뇌며 집으로 돌아갔습니다. 그 메모지를 들고 다른 서점에도 몇 군데 방문해 마찬가지로 책 맨 뒷장에 그것을 끼워 넣었습니다. 그러고는 "잘 있어라, 잘 읽혀라" 또다시 되뇌었지요.

며칠 동안은 메모지가 바람에 날려 사라지면 어떡하지, 누군가 책을 꺼내 들다 조용히 떨어뜨리고 발견 못 하면 어떡하지, 걱정했습니다. 하지만 얼마 뒤 작가님의 귀여운 메시지 잘 봤다는 글들이 SNS에 인증 사진과 함께 올라온 것을 보고 마음이 놓였습니다. 그렇게 전전긍긍할 일은 아니었던 것입니다.

제 마음을 담은 글자가 전해졌으면 하는 곳에 전해지지 못하면 어떤가요. 바람에 날려 의도치 않은 곳으로 흘러가거나 사라져버리면 또 어떤가요. 나는 독자들의 마음에 딱 붙는 포스트잇 같은 글을 썼다고 믿었는데, 막상 열어보니 접착면이 없는 날아가기 쉬운 글이었다면, 그건 그것대로 제가 더 노력해야 한다는 의미겠지요. 책 뒷장에 종이를 끼워 넣듯 하나하나 정성스럽게 더 마음을 담아야 한다는 의미겠지요. 그러다 보면 어쩌면 "잘 있어라, 잘 읽혀라"라는 제 주문이 누군가의 마음에 닿아 잘 받아봤다는 글을 목격하게도 되겠지요. 그런 마음으로 오늘도 나는 무언가를 끄적입니다. 당신의 기대와 다르더라도 따듯한 마음으로 살펴봐 주시면 감사하겠습니다.

지금 당장 시작할 것

글을 쓰려면 많은 준비가 필요합니다. 글감을 가져오고, 첫 문장을 고민하고, 그것을 어찌 풀어낼지 머릿속으로 셈해야 합니다. 그림도 마찬가지입니다. 구도를 잡고, 그림 도구를 꺼내고, 전체의 어울림을 상상해야 합니다. 사진은 또 어떠하고요. 감정을 높낮이에 실어내고, 손가락부터 발가락까지 신체 근육을 한순간에 멈추기 위해 뚜렷한 집중이 필요합니다.

다만 그것들을 완성하려면 써야 하고, 그려야 하고, 찍어내야 합니다. 아무리 완벽하게 준비했다 해도, 실천하지 않으면 아무 소용 없지요. 때로는 깊은 후회를 남기기도 하고요. 언젠가 나중에 하겠다고 다짐해도, 그 마음을 다시 데우려면 전보다 더 많은 열정이 필요합니다.

전문가가 아닌 우리는 대부분 준비보다 실천을 목표로 해야 합니다. 물론 충분히 준비할 수 있다면 좋겠지요. 다만 준비에 모든 힘을 쏟지 말라는 것입니다. 글을 쓰겠다고 마음먹었으면 일단 상단에 이름부터 써내고요, 그림은 당장 눈앞에 보이는 것을 스케치합니다. 사진도 일단 찍고요. 한번 해내면요, 그 뒤로 색다른 아주 많은 기회가 기다리고 있을 것입니다. 당신 작품을 만들어낼, 근사한 것들이요.

간단한 게 아닌, 시간이 오래 걸리는 일이라면, 그것도 감히 도전하라 말하고 싶습니다. 일단 해보고, 맛은 보고, 발은 담가보고 판단하라고요. 아니다 싶으면, 맛이 없으면, 너무 차갑거나 뜨거우면 다른 일을 하면 됩니다. 세상에 우리가 할 수 있는 일이 얼마나 많은데요. 무슨 헛된 희망이냐는 생각이 든다면, 마음에서 끓어

오르는 것을 언제 도전해본 적이 있나 떠올려보세요.

인간은 아주 나약한 존재입니다. 주변 사람과 비교하고, 너무 쉽게 판단하고, 아주 빨리 포기하고, 그것을 습관으로 가지고 살아갑니다. 그래서요, 우리는 하나면 충분합니다. 딱 하나만 해내면요, 하나 더 할 수 있겠다는 자신감이 생깁니다. 타인이 아닌 나에게 초점을 맞추기 시작합니다. 처음에는 당연히 힘들 것입니다. 조금씩 꾸준하게 딱 하나만 해내면 됩니다. 뿌듯함과 보람은 당신을 밀어주고, 자신감과 호기심이 당신을 당길 것입니다. 그 하나를 해내는 방법이 뭐냐고요? 지금 당장 시작하는 것. 그거면 충분합니다.

일단 '멈춤'

우리 인생에 '그만둠'이란 것은 존재하지 않는지도 모르겠다. 그저 어떤 일과 어떤 일 사이에 찰나의 순간만이 존재할 뿐이라고 생각한다. 무언가를 그만둔 직후 우리는 곧 새로운 걸 시작한다. 그렇기에 우리는 항상 무언가를 하는 중이다. 쉬는 것도 하는 거고, 일도 하는 거고, 지금 당신이 글을 읽는 것도 모두 하는 것이다.

그러니 당신, 조금만 힘내자. 시작은 했으니 이제 끝날 일만 남았다. 물론 끝난 일의 끝에는 또 다른 시작이 있겠지만, 우선 조금만 더 힘내보자. 중간에 잠시 멈추는 건 괜찮다. 그것도 그저 '멈춤'을 한 것이니 말이다.

아무것도 하지 않는다며 자책하지 않아도 좋다. 일하다 잠시 한눈도 팔고, 동네 너머로 산책도 가보고, 늦은 밤 맛있는 음식도 시켜 먹어보자. 그 모든 걸 당신이 하는 것이다.

그중에서도 좋아하고 사랑해 무언가 시작한 사람들, 당신들은 조금만 애써보자. 하루가 참 쉽지 않다는 걸 잘 알고 있다. 그래도 당신은, 여전히 그것을 좋아하고 사랑하지 않나. 용기 내어 시작했으니 이제 끝낼 일만 남았다. 그만두고 무얼 하나 걱정할 필요가 없다.

나와 당신 그리고 우리 모두.

나를 키운 것들

오전 8시 40분. 나는 지금 성수역으로 가는 2호선 지하철 안에 서 있다. 이사하기 전에는 6호선을 타고 합정에서 2호선으로 갈아탔는데, 사람과 사람 사이의 공간이 그때와 비교하면 꽤 넉넉해졌다. 이 작은 여유 속에서 습관처럼 책을 읽으며 짧은 출근길을 마저 채운다. 20대 중반인 보통의 대한민국 남성이라면 대학교 입학 후 군 입대, 복학의 순서를 거쳐 이제 학교를 막 졸업하는 취준생인 경우가 많을 것이다. 그런데 나는 어쩌다 보니 벌써 직장에 다니고 있다. 그것도 두 번째 회사를. 아직 3학기나 남은 학생인 채로.

오전 8시 45분. 성수역에서 내려 회사로 바쁘게 걸음을 옮긴다. 요즘 인기 최고라는 성수동을. 이 동네를 걷고 있노라면 아기자기한 소품숍, 근사한 향기가 전해져 오는 카페, 보기만 해도 달콤한 디저트 가게들이 눈에 들어온다. 아직 이른 시간이라 문이 닫혀 있는 그곳들을, 북적거릴 오후를 떠올리며 조금은 급하게 지나친다.

이렇게 가게를 구경하며 거리를 걷다 보면 어린 시절 내 놀이터였던 부산 북구의 한 시장 골목이 떠오른다. 부산 사람만 알 법한 시장이지만, 없는 게 없던 동네 시장. 꿩, 염소, 뱀, 개구리, 닭 같은 동물들이 가득하고, 어른들은 왁자지껄 호객하고, 어머니 친구분이셨던 어묵집 아줌마는 늘 나무젓가락에 어묵을 끼워 건네주시던, 깎아달라며 조금만 더 달라며 흥정하는 삶의 에너지가 넘치던 동네 시장. 그 시장에서 코를 흘리고, 파워레인저 장난감을 손에 쥔 채 뛰어놀던 어린 시절의 내가, 지금 근사한 코트를 입고 회사로 향하고 있다.

동네 시장이 내 놀이터가 됐었던 건, 주변에 마땅한 놀이터가 없기도 했고 할아버지, 할머니와 함께 자란 영향이 컸을 것이다. 작은 빌라에 살아서 주변에 또래 친구가 몇 없었거니와 시장에 가면 이것저것 떠먹이려는 어른들의 관심이 꽤 기뻤던 것 같다. 조부모님 연세의 상인들께서 예쁘다고 챙겨주셨으니, 어린 마음에 어찌 시장을 그냥 지나칠 수 있었을까. 비가 억수로 퍼붓는 날에도 시장에 가자고 떼를 썼다. 어릴 때부터 키가 작고 몸무게도 엄청 적게 나갔었는데, 시장에서 이것저것 주워 먹는 모습이 보기 좋으셨는지 할머니, 할아버지께서 번갈아 함께 가주셨다. 때문에, 중학교 입학할 무렵엔 159센티미터에 75킬로그램 가까이 나가는 중증도 비만 학생이 되어 있었다. 도로 살을 뺀다고 고생한 기억이 짙다. 아무튼 이렇게 나를 무럭무럭 키운 건 부산 한구석에 자리한 작은 동네 시장의 기억일까, 그곳 어르신들의 애정 어린 눈빛이었을까, 조부모님의 도저히 깊이를 가늠할 수 없는 사랑이었을까.

성수동의 한 골목, 이곳에 자리한 작은 가게들은 또 누구를 키우는 에너지가 될까. 누군가의 마음을 채울 기억이 될까. 나는 이곳에서 어떤 어른으로, 어떤 직장인으로, 어떤 사람으로 자라나게 될까.

생각해보면 나는 태어나서부터 지금까지 다수에서 조금은 비켜난 삶을 살아왔다. 평균보다 키가 작았고, 놀이터 대신 시장에서 놀았고, 주변에 몇 없는 대가족이었고, 덕분에 표준어가 아닌 사투리를 진하게 사용하고, 대학도 열 군데 넘게 떨어져 보고, 건강상의 이유로 군대를 가는 대신 사회복무요원으로 대체복무를 하고, 지금은 학생이자 직장인이라는 이중생활, 아니 여기에 더해 글 쓰는 작가까지 삼중생활을 이어가고 있다. 주변 또래와 비교해보면 삶의 방향도 깊이도 조금 다른 삶. 좋고 나쁨으로 평가한다기보다는 내 길을 만들어가며 걷고 있다고 생각한다.

누군가는 어떻게 그걸 다 할 수 있냐, 이것저것 찔러보기만 하는 것 아니냐고 말하기도 한다. 한 분야를 깊이 파는 것이 미덕이라고 혹자는 말할 수도 있고. 하지만 나는 서미태라는 한 인간의 동네에, 세상에, 이런저런 가게를 열고 그곳을 나만의 인테리어로, 메뉴로 꾸미며 온도를 더하는 중이라고 생각한다. 아직은 문을 열지 않아서 조용하지, 오픈 뒤 이 사람 저 사람 북적거릴 오후를 떠올리며.

'삶에 정답은 없고, 선택의 옳고 그름은 내가 만들어가는 것'이라 생각한다. 이것이 옳은지 저것이 틀렸는지 나는 아직 잘 모른다. 여전히 자주 흔들리고 헤매고 있다. 그렇기에 성실히 다리를 움직인다. 지금 눈앞에 주어진 일을 향해, 나중에 내가 하고 싶은 일을 향해 한 발 한 발 나아가고 있다.

오전 8시 50분. 내가 다니는 회사의 문을 연다. 오늘 하루도 시작이다.

흐린 뒤 맑음

고민은 고민이 아니었고
걱정은 걱정이 아니었으며
모두 삶의 일부였을 뿐입니다.

미래의 것을 현재에 가져올 때,
조금은 낙천적이고 긍정적으로
생각할 수 있으면 좋겠습니다.

모두 삶의 일부이고,
그저 삶의 일부라고
생각하며 말입니다.

잠시 비가 그쳤습니다.

어쩌면 오늘은 우산이

필요하지 않을 수도 있겠습니다.

매 순간 행복하지 않아도

행복은 좋은 거지. 옆에다 어떤 것을 붙여놔도 우리는 행복을 택할 거니까. 하지만 안타깝게도 감정은 유한한 것이어서, 우리는 행복한 사람을 바라보며 여러 감정을 느끼곤 해. 그중엔 마냥 부러움도 있고, 질투나 시기도 있지. 무언가 이룬 사람에겐 존경의 눈빛을 보내고. 행복은 나누면 배가 된다던데, 꼭 그렇지만은 않은 것 같아.

나도, 하루 내내 행복한 적이 있었다. 행복이 어찌나 흘러넘치던지. 그래도 부담스럽고 낯선 행복이 싫지만은 않더라. 비밀이어서 자세히 얘기하긴 힘든데, 생일날이었어. 사랑하는 사람과 함께 있었거든. 배달시

킨 음식이 늦게 오고, 걷다 부딪힌 케이크는 망가지고, 몸 컨디션도 그리 좋지 않았는데, 지금도 떠올리면 행복한 기억이야. 하루가 끝나면 행복도 그칠 거 같아서, 밤을 꼬박 새워볼까도 생각했어. 그러다 매 순간 행복하지 않아도 괜찮겠단 생각이 밀려오더라. 지금 이렇게 행복할 수 있는 건, 그간 힘들고 어려운 시간을 버텨냈기 때문이 아닐까 하면서 말이야. '항상 행복해야 해, 많이 행복해야 해' 같은 말에 아주 녹아 있었는데, 행복에 푹 빠져 있던 나를 건져 올리고서야 온전한 내 모습을 찾겠더라고.

이어서 왜 항상 행복해야 하냐는 물음에 아무런 답도 못 하겠더라. 어쩌면 매 순간 행복을 바라는 건, 아픔 없는 삶을 살겠다는 것이고, 그건 욕심이지 않을까 생각했어. 나를 성장시키는 욕심이 아닌, 스스로를 괴롭히는 욕심. 그렇게 생각하고 나니까 문득 행복이 찾아오더라. 마음이 가벼워지고, 찾아온 행복을 미련 없이 보내도 괜찮을 거 같고, 다가올 행복은 조금 천천히 설

레며 기다려도 충분할 거 같더라.

우리는 행복이란 단어에 집착하며 살고 있는 건 아닐까. 힘든 시간도 겪어보고, 한 걸음 내딛기 위해 애써도 보고, 사랑을 잃고서 엉엉 울어도 보고, 아픈 감정을 다 써버린 뒤에야 행복을 채우는 게 순서가 아닐까. 왜 있잖아. 사랑했던 사람을 깨끗이 잊어야 새로운 사랑을 할 수 있는 것처럼, 단물 다 빠진 행복도 멀리 떠나보내야, 또 다른 맛있는 행복이 찾아오지 않을까.

내 생각이야. 행복한 생각. 저녁 퇴근길 지하철에서 문득 행복에 대해 물은 짧은 생각.

당신과 함께라면

낙천적으로 사는 것도 나쁘지 않다. 세상과 인생을 즐겁고 좋은 것으로 여기는 일이 어찌 나쁠 수 있을까. 작은 일은 작은 것대로 두고, 큰일이 생기면 그것대로 경험이라며 기꺼이 하루를 여닫는 사람이 좋다. 그와 함께라면 웬만큼은 견뎌낼 수 있고, 또 사랑할 수 있을 것 같아서 말이다. 궁금하다. 조금은 낙천적인 삶을 택했다면, 어떤 하루들을 살았을지. 고민 가득해서 어두컴컴했던 시간이, 또 다른 색깔일지 말이다.

다가간다. 그래서 낙천적인 당신에게. 지금부터라도 당신과 함께라면 내 하루도 낙천적이지 않을까. 작은 일은 쉽게 견뎌내고, 또 사랑할 수 있을 것 같아서 말

이다. 그렇다고 마냥 의지하겠단 건 아니고, 서로 그러
면 좋겠다고.

오래오래 예쁠 테지

세상에 계획대로 되는 일이 얼마나 있을까. 그러니 뜻밖의 행복이 찾아와도 너무 놀라지 말길 바란다. 우연이란 단어도 있지만, 운명이란 단어도 있다. 덜컹이는 세상에 덜컥 잡은 손이 무너지는 나를 일으킬 수도 있다. 떠나는 건 미련 없이 보내고 다가오는 건 기꺼이 품어내는 습관을 갖자. 그러다 품어낸 새것에서 익숙한 냄새가 난다면, 그건 잠시 잊고 살았던 것. 슬픔에 잠겼던 우리에게 다시 행복이 찾아왔으니 마음껏 기뻐하고 웃으면 된다. 이제 왔느냐 괜히 탓하지 말고, 더 이상 참지도 말고, 한 올씩 벗겨내며 따듯이 품으면 된다. 다만 서둘지 말고 반듯하게. 그래야 오래오래 예쁠 테니.

에필로그/토마토 주스

사람마다 살아가는 길이 다르다. 우리는 그 사실을 너무나 잘 알고 있다. 그런데도 각자의 방향과 속도를 남들과 비교하고 평가한다. 심지어 스스로 판단하지 못하고, 그 역할을 남에게 맡기는 사람도 심심찮게 볼 수 있다. 나는 토마토 주스를 좋아하고, 누구는 커피를 좋아하는 것처럼 각자 취향이 있을 것인데, 지극히 개인적인 영역도 사회에서 존중받기란 쉽지 않다.

나는 내 길을 걷겠다며 신발 끈을 동여매지만 나조차 내 것을 단단히 지키지 못하는 모습을 자주 마주한다. 긴장하고 두려움을 느끼며, 따듯한 날씨임에도 얼음장 위를 걸어가듯이 걸음을 늦추곤 한다. 꿈은 펼쳐야 하는 것이라 하던데, 날카로운 말에 상처라도 날까 봐 내 안에 둥글게 품고 숨긴 적도 많다.

이렇게 타인의 평가에 거부감을 가지면서도 "잘하고 있어, 잘될 거야" 같은 말은 또 듣고 싶었다. 막연한 위로가, 공감이, 분명한 힘이 되기도 했으니까. 그래서 쓰는 글에 그런 마음과 따듯함을 담아내려 애썼다. 그러다 문득 깨달았다.

굳이 주변 사람에게 그런 말을 들을 게 아니라, 나에게만 들리더라도 내게 응원을 건네면 되는 것이었다. 부산에서 짐을 정리하고, 서울로 올라온 날부터 속는 셈 치고 "딱 2년만 버텨보자" 매일같이 말했다. 그때로부터 1년 반 정도 지난 지금, 그 덕분인지 꽤 잘 버티고 있는 듯하다.

부산 촌놈이 서울에서 두 다리로 튼튼히 서 있기는 아직 힘에 부치지만, 이제 한 다리 정도는 스스로 버텨내고 있다. 자책과 스트레스로 55킬로그램까지 빠졌던 몸무게는 다시 원래대로 돌아왔고, 몸에도 마음에도 힘이 좀 생겼다. 이 모든 건 “잘하고 있어, 잘될 거야, 시간만 있으면 충분히 할 수 있는 것들이야” 같은 말들에서 시작되었을 것이다.

때문에, 고민과 걱정으로 힘든 시간을 보내고 있는 사람에게 대신 말해주고 싶다. 당신은 잘하고 있다고. 잘될 거라고. 시간만 좀 더 있으면 충분히 해낼 수 있다고.

막연한 위로나 공감이라고 생각해도 좋다. 그럼에도 분명 힘이 될 테니까. 그 힘으로 다시 일어서 뻗어나가길 바란다.

예전엔 오로지 나를 위해 이런 글을 썼다면 지금은 당신을 위해 이 글을 전한다. 아직 끝나지 않은 내 이야기를 세상에 남기고 싶다. 그리고 그 이야기가 세상의 또 다른 나에게 큰 용기가 되길. 부끄럽고 간절한 마음으로 바라본다.

당신, 지금 그대로 좋다

초판 1쇄 인쇄 2022년 10월 6일
초판 1쇄 발행 2022년 10월 24일

지은이 서미태

편집인 이기웅
책임편집 안희주
편집 주소림, 김혜영, 양수인, 한의진, 오윤나, 이현지
디자인 여상우
책임마케팅 정재훈, 김서연, 김예진, 김지원, 박시온,
류지현, 김소희, 김찬빈, 배성원
마케팅 유인철, 이주하
제작 제이오

펴낸이 유귀선
펴낸곳 ㈜바이포엠 스튜디오
출판등록 제2020-000145호(2020년 6월 10일)
주소 서울시 강남구 테헤란로 332, 에이치제이타워 20층
이메일 odr@studioodr.com

ISBN 979-11-92579-17-7 03810

스튜디오오드리는 ㈜바이포엠 스튜디오의 출판브랜드입니다.